Brent Weeks, né dans le Montana, passa quelque temps à parcourir le monde comme Caine, le héros de *Kung Fu*, à s'occuper d'un bar et à corrompre la jeunesse (mais pas en même temps), avant de commencer à écrire sur des serviettes en papier de restaurants. Enfin, un jour, quelqu'un décida de le payer pour ça.

Du même auteur, chez Milady, en poche :

L'Ange de la Nuit :
1. *La Voie des ombres*
2. *Le Choix des ombres*
3. *Au-delà des ombres*

L'Ombre parfaite

Aux éditions Bragelonne, en grand format :

L'Ange de la Nuit :
1. *La Voie des ombres*
2. *Le Choix des ombres*
3. *Au-delà des ombres*

Le Porteur de lumière :
1. *Le Prisme noir*
2. *Le Couteau aveuglant*

CE LIVRE EST ÉGALEMENT DISPONIBLE
AU FORMAT NUMÉRIQUE

www.milady.fr

Brent Weeks

L'Ombre parfaite

et autres bonus dans l'univers de
L'Ange de la Nuit

Traduit de l'anglais (États-Unis) par Olivier Debernard

Milady

Milady est un label des éditions Bragelonne

Titre original : *Perfect Shadow – A Night Angel Novella*

ISBN : 978-2-8112-1212-4

Bragelonne – Milady
60-62, rue d'Hauteville – 75010 Paris

E-mail : info@milady.fr
Site Internet : www.milady.fr

Sommaire

L'Ombre parfaite

On raconte que Château Shayon est imprenable. J'adore ce genre de défi. Encerclant entièrement une petite île proche de la côte, ses lourdes murailles plantées sur les rochers surplombent le lac par endroits.

Ce devait être mon premier meurtre rémunéré. C'est une bonne chose de commencer par une mission impossible. Cela vous permet de vous faire un nom, de marquer les esprits.

J'émergeai sans provoquer plus qu'une onde imperceptible à la surface de l'eau. Les murs se dressaient devant moi, menaçants. Je n'avais pied nulle part. Un quelconque seigneur avait envoyé des ouvriers creuser la roche pour que la profondeur ne soit jamais inférieure à cinq mètres. J'étais nu jusqu'aux hanches. Ma peau était enduite de gras et de cendres afin de me protéger du froid et de me rendre invisible. Des vêtements supplémentaires se seraient gorgés d'eau et n'auraient fait que me ralentir.

Une balafre sanguinolente zébrait ma joue et j'avais de nombreuses entailles sur les avant-bras. Il avait bien fallu que je me défende. Je ne comptais nullement rester dans l'eau plus longtemps que nécessaire. Il y avait encore tout un tas de saletés qui nageaient dans les parages.

Pourtant, j'attendis. Accroché aux rochers, ballotté par les vagues, j'examinai les murailles. J'aurais pu choisir un plan plus simple, bien entendu. Le ka'kari facilitait la plupart des choses, mais il en rendait d'autres presque impossibles.

-Tu ne vas pas t'abaisser à ce genre d'ignominies, Acaelus ? Tueur à gages ? Toi ?-

Non, non. Ce n'était pas mon nom. Ce ne l'était plus depuis longtemps.

Les surplombs des murailles étaient bordés de mâchicoulis et de meurtrières afin de bombarder d'éventuels ennemis de rochers, de flèches et de feu gélifié. J'aperçus deux sentinelles portant des cottes de mailles et des vêtements en laine au-dessus de moi. Elles bavardaient en surveillant le lac de temps en temps. Le ciel était dégagé et c'était la pleine lune. Les nuits claires, les gardes étaient moins vigilants. Je distinguai six autres silhouettes au sommet des murailles. Huit soldats en tout. Ils étaient à bonne distance et dans l'obscurité, un homme normal ne les aurait pas remarqués.

Mais mes yeux aimaient les ténèbres. C'était un pouvoir du ka'kari que je ne pouvais pas m'empêcher d'utiliser. L'orbe avait transformé ma manière de voir le monde à jamais.

La plupart des fenêtres du château étaient fermées par des volets à cause du vent nocturne et glacé. Mais c'était sans importance : je n'avais pas prévu de passer par là. De toute manière, elles étaient protégées par de solides barreaux. Il n'y avait pas de balcons surplombant le lac où accrocher un grappin. Ce château avait été bâti pour défendre ses occupants et ses architectes avaient fait du bon travail.

Un simple assassin aurait été incapable de remplir cette mission.

Au deuxième étage, plusieurs volets étaient ouverts et on apercevait la chaude lumière d'un feu de bois à travers les fenêtres – solidement protégées par des barreaux, elles aussi. Il devait s'agir de la grande salle de réception où le baron Rikku divertissait ses vassaux. Le baron Rikku était un homme fier ; fier des fêtes qu'il organisait ; fier des crus séthis renommés qu'il servait à ses invités ; fier des décorations de son château, de ses soies, de ses œuvres d'art ; fier de sa piété ; fier d'avoir arraché cette petite île fortifiée à son ancien propriétaire.

Malheureusement, l'ancien propriétaire n'était pas le véritable propriétaire. Il n'était qu'un prête-nom au service d'une personne qui ne souhaitait pas qu'on sache que la forteresse était sienne. Une personne que le baron n'impressionnait pas. Une personne qui n'avait aucune intention de lui pardonner son ignorance, et encore moins le vol de son bien.

C'est toujours le problème qui se pose quand on dirige la pègre d'une cité. Si vous révélez aux gens ce que vous possédez, vous vous exposez à des attaques de la part de ceux qui sont assez forts pour vous défier. Si vous ne dites rien, vous ne pouvez pas tenir ceux qui vous craignent à l'écart.

Ben voyons. Pauvre petit Sa'kagué. Tu portes vraiment tous les malheurs du monde sur tes frêles épaules !

Je vérifiai la position de la lune et calculai la distance qu'elle avait parcourue depuis que je m'étais glissé dans l'eau, sur la rive opposée, trois kilomètres plus loin. Bientôt, le baron s'éclipserait de la fête et se rendrait dans les appartements de sa femme pour l'honorer en compagnie d'une dame ou d'une servante, dans une petite pièce réservée à cet usage. Puis, après un passage aux toilettes extérieures il regagnerait sa chambre au dernier étage.

Point faible récurrent de tout ouvrage fortifié : comment se débarrasser de la merde ? À Château Shayon, les lieux d'aisances surplombaient le lac et je n'eus aucune difficulté à les repérer à l'odeur. La conduite d'évacuation était étroite, pour des raisons de sécurité, mais aussi afin d'éviter que le vent ne vous glace les miches. L'extrémité débouchait sept mètres au-dessus du lac, et du fait de son faible diamètre, toutes les surfaces devaient être maculées et rendues glissantes par les déjections et l'urine. Une diarrhée toute fraîche particulièrement visqueuse tapissait la couche d'excréments séchée et friable qui couvrait le bas de la muraille ainsi que le sol. Il était impossible de repérer la moindre prise sur les rochers.

Je levai les yeux. Aucun garde ne regardait dans ma direction. Soudain, quelque chose attira mon attention. Je tournai la tête et j'aperçus une ombre dans l'eau.

Des ombres dans l'eau. Des dizaines d'ombres. Des putains de poissons-crocs. C'étaient des animaux d'une rare bêtise, mais on racontait qu'ils étaient capables de sentir une goutte de sang à des kilomètres. Apparemment, la rumeur était vraie.

J'invoquai mon Don et je me propulsai hors de l'eau. Mes doigts et mes orteils nus se plaquèrent contre la muraille couverte de merde glissante. Je poussai de toutes mes forces et je m'élançai vers la bouche de la conduite d'évacuation en opérant un mouvement de rotation. Ma main et mon pied gauches ripèrent, trahis par de mauvaises prises.

Je glissai en essayant désespérément de m'accrocher à la muraille. Je réussis à m'arrêter, les doigts et les orteils écorchés, les ongles brisés. Je m'accordai un bref moment de repos et je respirai profondément avant de reprendre mon ascension grâce à ma force décuplée par la magie. Je remontai la conduite en bondissant d'un côté à l'autre, sans un bruit.

En arrivant au sommet, je découvris les vestiges d'une grille. Elle avait dû être installée des siècles plus tôt, car le fer avait été mangé par la rouille et il ne restait que quelques moignons de barreaux qui saillaient de la maçonnerie. Personne ne s'était donné la peine de la changer. C'était sans doute trop difficile, ou trop répugnant. Elle fournissait désormais d'excellentes prises à celui qu'elle était jadis censée tenir à l'écart.

Le problème des endroits tels que Château Shayon, ce n'est pas sa perméabilité. Aucune forteresse n'est parfaitement sûre. Non, le problème, c'était qu'il avait appartenu à Gwinvere Kirena. Et quand on dérobait un château à Gwinvere Kirena, on s'exposait à la vengeance d'un ennemi qui connaissait vos faiblesses dans les moindres détails. Si j'avais su qu'une grille obstruait la conduite d'évacuation... Eh bien, je serais quand même passé par là parce qu'elle ne m'aurait pas ralenti très longtemps. Mais la plupart des assassins auraient choisi un autre chemin, dans la mesure du possible.

Accroché aux moignons de grille, je sortis une scie à main en m'efforçant d'ignorer mes orteils en sang. Les toilettes n'étaient qu'une simple planche en chêne percée de trois trous. Trois, de manière à pouvoir poser un colombin en compagnie de deux amis, je suppose. Vous allez penser que je suis un ours, mais ce genre de réunion, très peu pour moi.

Enfin bref si les informations de Gwinvere étaient justes, la planche était verrouillée par un cadenas dont la clé s'était perdue au fil du temps. Je faufilai la scie dans le trou du milieu afin de l'élargir.

-Ce que tu es en train de faire va à l'encontre de tous tes idéaux. Gaelan, tu ne peux pas...-

Non, je ne suis pas Gaelan. Il n'y a pas de Gaelan. Je n'ai plus de nom.

Par bonheur, personne ne vint se soulager pendant que je m'affairais. Ne riez pas. Ça arrive. Mais quand on est prêt à travailler en risquant de recevoir un étron sur le crâne, la chance daigne parfois vous effleurer de son aile. Je tendis l'oreille à l'affût d'éventuels bruits de pas dans le lointain brouhaha des rires et des échos de la fête.

-Tu seras seul. Tout seul. À jamais.-

Je n'entendis rien. Je raclai une couche d'excréments sur le mur, au-dessus de ma tête, puis je passai la main à travers le trou de droite et j'en maculai le pourtour. J'attrapai ensuite une outre en cuir plus petite que mon poing coincée entre mon ventre et ma ceinture. Suspendu tant bien que mal aux moignons de grille, je la dépliai avant d'uriner à l'intérieur. Puis je versai son contenu sur le pourtour du trou de gauche.

J'avais à peine terminé que la porte des toilettes s'ouvrit brusquement. *Le baron.* Il était précédé d'un garde qui portait une lanterne.

Le soldat fouilla la pièce – ce qui fut vite fait – pour s'assurer qu'il n'y avait personne. Les toilettes étaient taillées dans la roche, basses de plafond et on ne pouvait y accéder que par une porte. Selon toute apparence, le baron était inquiet.

Le garde approcha de la planche percée. Je me plaquai contre une paroi et invoquai les ombres autour de moi. Elles ne me permettaient pas de devenir invisible, mais elles offraient un camouflage efficace. Une faible lueur s'infiltra dans la conduite d'évacuation – les lanternes éclairent mal vers le bas : la base empêche la lumière de se diffuser convenablement. J'aperçus la tête du soldat, mais celui-ci ne me vit pas.

— Dépêche-toi un peu, dit le baron. Si ça continue, je vais mourir d'une explosion de vessie.

Oh, non ! Je ne crois pas.

La lumière se stabilisa lorsque le soldat accrocha la lanterne à un crochet. La porte se ferma.

Quelques instants plus tard, j'entendis le baron jurer et marmonner.

— … Fumiers de merde. Même pas capables de pisser sans en mettre partout… Bâtards d'Alitaerans !

J'entendis un bruissement de tissu tandis qu'il baissait son pantalon. Soudain, son cul se posa au-dessus du trou central et bloqua la lumière.

— … vin de Seth et un chef parmi les meilleurs de Modai… Y z'ont sans doute fait exprès de chier sur le bord.

Le baron était un homme mince, mais la planche grinça légèrement à l'endroit que j'avais prédécoupé. Pourtant, elle ne céda pas. *Pas tout de suite.*

Je le laissai terminer son affaire. *Qu'on ne vienne pas me dire que je ne suis pas un gentilhomme.*

J'ai jadis été l'incarnation du châtiment. Aujourd'hui, j'essaie au moins d'être poli.

Un instant plus tard, le baron disparut sans laisser de traces. Lorsque les soldats s'inquiétèrent et vinrent le chercher, il s'était volatilisé. Vous me pardonnerez de ne pas entrer dans les détails, mais voyez-vous, cette histoire n'est pas celle du baron Rikku. C'est la mienne.

Accordez-moi cependant un instant de fierté professionnelle et laissez-moi vous dire ceci : depuis ce jour, les habitants du château vont se soulager en prenant d'infinies précautions.

— Ce que je ne comprends pas, c'est pourquoi vous êtes venu à Cénaria. Il n'y a rien à faire ici. C'est un trou paumé, dit Yvor Vas.

C'est un homme maigre, un rouquin constellé de taches de rousseur qui, aussi curieux que cela paraisse, est originaire de Ladesh.

— On ne me connaît pas ici, dis-je.

Je bois une bière. Il boit de l'ootai. Tous les Ladéshiens sont accros à cette boisson amère – y compris les rouquins, visiblement. Nous sommes dans la petite planque que j'ai achetée dans le Dédale, au bord des marais. La conversation est trop compromettante pour qu'on prenne le risque d'être entendus.

— Au cours des cinquante dernières années, je suis devenu célèbre dans la plupart des grandes nations. Il y a eu de nombreuses guerres, et j'ai toujours eu le chic pour finir au milieu des belligérants.

— Vous vous êtes appelé Vin Craysin dans l'est d'Alitaera, dit Yvor. Tal Drakkan à Seth, Gorrum Quesh à Modai et Pips McClawski à l'ouest d'Alitaera, non ?

Il essaie de m'impressionner.

— Tu sais que j'ai rencontré un collectionneur qui avait récupéré les dés de Pips, à Aenu ? Et non, je n'ai jamais porté le nom de Gorrum Quesh, mais je me suis battu à ses côtés pendant un temps. Vous êtes vraiment des petits curieux, vous autres, membres de la confrérie. Et tant que j'y suis, je ne me suis jamais appelé Vin Craysin non plus. Mais je n'aime pas révéler mes cartes, même lorsque la partie est jouée.

— La confrérie de la Deuxième Aube souhaiterait vous apporter son soutien, maître Feu du Ciel. Ce serait une alliée qui vous aiderait en toutes circonstances. Songez-y !

— J'y ai déjà réfléchi, dis-je. (Je fais une pause, perdu dans mes pensées.) Et j'ai quelque chose à vous confier.

Les yeux d'Yvor s'éclairent.

Tout le monde se croit unique. C'est pour cette raison qu'il est si facile de mentir.

— Gaelan Feu du Ciel ! C'est un honneur. Merci d'avoir accepté de me rencontrer.

Gwinvere Kirena possédait cette beauté qui transforme les hommes en garçons de douze ans incapables de parler en présence d'une fille. Gaelan avait déjà croisé des femmes très belles. En règle générale, ces rencontres l'avaient convaincu que le monde était rempli d'idiots. La plupart des gens étaient persuadés que les Vénus et les Apollons étaient des êtres supérieurs, plus drôles, plus intelligents et plus perspicaces que les autres. C'était faux.

Gaelan avait également rencontré des femmes qui n'étaient pas aussi belles qu'on le prétendait, mais qui étaient dotées d'une confiance, d'un charme et d'une énergie hors du commun.

La réputation de Gwinvere Kirena n'était certes pas usurpée. Beaucoup pensaient qu'elle était « la meilleure courtisane de son époque ». Elle était entretenue par de nombreux hommes, mais n'appartenait à personne. Et elle avait pourtant plus de trente ans.

Le silence de Gaelan dura sans doute un peu trop longtemps, mais Gwinvere n'en fut sans doute guère surprise. Devant elle, la plupart des hommes devaient avoir une langue de plomb, et une barre de fer dans le pantalon.

— Je n'ai pas l'habitude de ce genre de situation, dit Gaelan. Mais je dois avouer que vous avez excité ma curiosité.

Quand il prononça le mot « excité », il ne se laissa pas tenter par le généreux décolleté de Gwinvere. Il continua de la regarder en face. Une femme d'une telle beauté, une courtisane qui plus est, était certainement habituée aux avances masculines des plus vulgaires aux plus galantes. Ses yeux ne trahissaient aucune émotion. Soit la plaisanterie lui avait échappé, soit elle ne l'avait pas amusée, soit elle avait choisi de rester impassible.

— La fête vous plaît-elle ? demanda-t-elle.

Gaelan se raidit. Il participait à un bal masqué organisé dans une demeure louée par un seigneur au demeurant absent. Il n'avait pas assisté à une telle orgie depuis la décadence du Premier Empire alitaeran. Il était plutôt bel homme et athlétique, mais pas moins de *trois* femmes l'avaient tripoté entre le moment où il avait franchi la porte d'entrée et celui où il était arrivé dans ce bureau. Il avait même reconnu l'une d'entre elles : la jeune épouse d'un comte qui portait un masque de cygne…

et pas grand-chose d'autre. Elle avait éclaté de rire et s'était adressée à ses amies en employant leurs noms. L'anonymat ne semblait guère avoir d'importance. Gaelan n'avait pas encore vu de gens forniquer, mais la nuit ne faisait que commencer.

—Je la trouve... instructive, dit-il.

Gwinvere Kirena arborait une fine robe rouge avec un haut col, une tenue terriblement provocante qui avait été taillée pour souligner la moindre de ses courbes. Les chaînettes en or qui ornaient sa poitrine étaient fermées par un cadenas qui se balançait entre ses jambes. Une petite clé dorée était accrochée à un ruban serré autour de son cou. Le tailleur avait sans doute imaginé la tenue d'une concubine d'un harem khalidorien. Il avait même pensé à la ceinture de chasteté.

—Je la donne en votre honneur, reprit Gwinvere.

—C'est bien la première fois qu'on organise une orgie en mon honneur, observa Gaelan en toute sincérité.

C'était la vérité. Cela n'était jamais arrivé en six cent quatre-vingts ans.

Gwinvere laissa échapper un petit rire.

—Je ne faisais que mettre votre... rectitude à l'épreuve, dit-elle.

Elle avait marqué une brève pause avant de prononcer le terme « rectitude ». Il était libre de comprendre le mot comme il le souhaitait. Il était libre de la courtiser, s'il le désirait.

Mais son véritable dessein était ailleurs. Elle voulait voir si Gaelan Feu du Ciel ferait demi-tour avant même de l'avoir rencontrée, ou si cette débauche le laisserait indifférent. Quel genre d'homme est-il donc ? se demandait-elle.

L'épreuve était subtile, imaginée par un esprit brillant.

— Dites ce que vous avez à dire. Vous ne m'avez pas invité ici pour savourer mon sens de la repartie, ni ma queue.

Les yeux de Kirena s'écarquillèrent pendant un instant, puis un sourire se dessina sur ses lèvres charnues maquillées de rouge. Elle se laissa aller contre le dossier du canapé.

— Ce n'est pas pour ces raisons que je vous ai invité, en effet, dit-elle. Mais en vous écoutant, je me demande si je ne vais pas revoir ma position.

Gaelan croisa les mains dans le dos, jambes écartées, comme un soldat au repos.

Kirena le regarda avec attention.

— Gaelan Feu du Ciel, dit-elle. Un fermier venu de nulle part qui est devenu le héros des campagnes ceuranes, un maître de l'arc long et du marteau d'armes. Un homme qui a libéré une centaine de ses camarades sans l'aide de personne. Un homme qui a refusé cinq promotions. Un homme qui a tenu une crête, seul, au cours de la bataille de l'Herbe de Sang. Un homme soupçonné de posséder le Don, mais qui a refusé par deux fois d'être examiné par des Sœurs. Un homme qui s'est querellé âprement avec son commandant alitaeran avant de disparaître. Un homme récemment accusé de meurtre et pourchassé par les armées alitaerane et ceurane.

— Ce ne sont que des histoires. Des histoires ennuyeuses. Et seulement à moitié vraies.

— Le commandant alitaeran a été retrouvé mort un mois après votre altercation.

— Vraiment ? dit-il d'une voix un peu trop lente. (Comment pouvait-elle savoir cela ?) Bien fait pour lui. Ce n'était qu'un sale con !

— Lorsqu'il vous a recruté, il vous a promis que vous pourriez vous venger des Ceurans, n'est-ce pas ? (Ce n'était pas une question.) Et puis il a accepté leurs pots-de-vin pour mettre un terme au conflit.

Encore une fois, le ton n'avait rien d'interrogatif.

— Ainsi, vous pensez que je suis un assassin. Vous voulez que je sois un assassin ? interrogea Gaelan. Pourquoi ? Une jolie rivale vous fait de l'ombre ? Un amant vous a rejetée ?

Il avait formulé ces questions dans l'intention de la blesser. Il voulait la voir en colère.

Les lèvres charnues de Gwinvere esquissèrent un sourire indulgent. La provocation lui arracha une moue ravissante tandis que ses yeux s'illuminaient. Elle aimait qu'on la défie.

—Je suis Sa'kagué, Gaelan.

—Évidemment que vous l'êtes.

Un Sa'kagué, un seigneur de la pègre. Ils dirigeaient la plus grande partie de l'activité criminelle de la ville sous l'œil attentif de leurs chefs, les Neuf, eux-mêmes surveillés par un Shinga dont les pouvoirs auraient fait pâlir un roi de jalousie. Un membre des Neuf gérait la prostitution à Cénaria. Cet homme, le Maître des Plaisirs, n'aurait pas laissé une femme aussi belle que Gwinvere Kirena opérer seule. Est-ce que c'était la raison de sa présence ici ? Kirena voulait-elle prendre sa retraite ?

—Je n'ai pas terminé.

Elle se leva et se dirigea vers la porte pour vérifier qu'elle était fermée à clé. Gaelan remarqua que les chaînettes en or disparaissaient dans une fente de sa robe. Elles glissaient le long des côtes pour réapparaître dans le dos nu de la courtisane en formant un magnifique entrelacs évoquant la soumission érotique. La beauté de cette femme lui coupait le souffle et lui embrumait l'esprit. Il avait pourtant besoin d'avoir les idées claires face à un tel adversaire.

—Je fais partie des Neuf, dit Kirena. Je suis la Maîtresse des Plaisirs.

Ce n'était pas le genre d'information qu'on partageait avec n'importe qui.

—Vous m'avez l'air bien jeune pour…

—J'ai un plan, et j'ai besoin de vous pour le réaliser.

Il réfléchit. Gaelan Feu du Ciel était censé avoir quarante-cinq ans, mais il en paraissait facilement dix de moins. Gaelan était célèbre, mais il avait peu de véritables amis et des kyrielles d'ennemis. Il était peut-être temps de passer à autre chose, de laisser cette identité disparaître. On pouvait imaginer pire que de s'allier à une femme aussi belle qu'intelligente.

—Parlez-moi de ce plan.

Elle se tourna vers lui.

—Nous aurons le temps de faire cela plus tard. D'abord, nous avons besoin de régler un problème.

Elle tendit la main. Il y avait un objet dans sa paume. Gaelan le prit.

C'était la petite clé en or qu'il avait vue accrochée au cou de la courtisane quelques minutes plus tôt.

Il haussa un sourcil en s'efforçant d'ignorer les frissons qui traversaient ses reins. Il possédait le corps d'un jeune homme et les réactions physiologiques qui allaient avec.

—Pourquoi ? s'enquit-il.

—Parce que si nous ne baisons pas ce soir, vous risquez de tomber amoureux de moi. Si nous baisons, vous continuerez sans doute à me désirer

– je considérerais le contraire comme un échec professionnel –, mais vous ne me ferez jamais confiance. Vous saurez que je suis prête à faire de même avec n'importe quel homme qui attire mon attention. Cela simplifiera les choses.

~Une putain honnête. Une femme exceptionnelle sous bien des aspects. Elle empoisonne le puits avant de te mettre en garde, Acaelus. Est-ce vraiment ce que tu cherches ?~

— Et vous ? demanda-t-il. Vous ne risquez pas de tomber amoureuse de moi ?

Elle s'approcha avec lenteur et se glissa tendrement entre ses bras. Il sentit les effluves de son parfum raffiné, et la douceur insidieuse de la chair et de la soie. Le froid des chaînes en or contre sa peau et la chaleur de son souffle à son oreille.

— Je pense que je vais avoir beaucoup de plaisir à faire mon travail, ce soir.

Dans leur petite ferme, Gaelan tenait les fesses dénudées de sa femme assise au bord de la table qu'il avait lui-même fabriquée. Elle l'agrippait par les épaules et la nuque. Ses pupilles étaient dilatées, ses hanches tremblaient contre les siennes tandis qu'il la besognait.

Elle enfonça ses ongles dans sa chair, pour jouer.

— Tu sais qu'Ali va rentrer d'une minute à l'autre, souffla-t-elle.

Mais ses yeux brillaient et elle ne desserra pas ses jambes autour de lui pour le repousser.

— Ce ne serait pas la fin du monde si une fillette découvrait que son père trouve toujours sa mère irrésistible. (Elle sourit et serra ses cuisses autour de lui.) Ton sourire suffirait à me réconforter pendant cent ans, ajouta-t-il en essayant de graver les traits de Seraene dans sa mémoire.

Elle était magnifique, avec ses cheveux ébouriffés, son visage rougi par le plaisir et la joie. Elle était satisfaite et satisfaite de lui. C'était un trésor. Elle vieillirait et mourrait, et il resterait seul, jeune et immortel, pour suivre les instructions d'un roi disparu depuis bien longtemps. D'un ami disparu depuis bien longtemps.

— Les flatteries ont déjà fait leur effet et tu vas recevoir ce que tu as mérité, dit-elle.

Il éclata de rire et lui pinça les fesses.

Elle écarta sa main d'une tape. Ses yeux étaient des soleils.

— Pourquoi faut-il que notre bonheur prenne fin un jour ? demanda-t-il.

Elle le regarda avec amour et tendresse.

— Vous êtes un mystère permanent, mon doux seigneur.

— Non, j'étais Samon Mystère il y a six vies de cela, dit-il avec un clin d'œil.

Il faisait tout pour que cet instant dure le plus longtemps possible.

— Maman ! s'écria une fillette devant la porte de la chaumière.

Gaelan se retira d'un coup, remonta précipitamment son pantalon et serra sa ceinture avant de plaquer ses cheveux en arrière pour les aplatir. Seraene se leva d'un bond, lissa sa jupe et attrapa un chiffon pour faire semblant de nettoyer quelque chose.

La porte s'ouvrit et Alinaea entra. D'une main, elle portait un panier rempli d'herbes fraîchement cueillies, et de l'autre, les œufs de la journée. Si elle avait été un peu plus âgée, elle n'aurait eu aucun mal à comprendre ce que ses parents faisaient avant son arrivée. Les indices ne manquaient pas : l'odeur musquée qui flottait dans la pièce, les rougeurs sur les joues de sa mère et les irritations laissées au sommet de sa poitrine par la barbe de son père. Mais Alinaea avait huit ans et était innocente. Gaelan l'aimait plus que tout.

— Bon, dit-elle en inclinant la tête sur le côté avec tout le sérieux du monde. J'ai pris une décision. Je suis assez grande pour avoir un petit frère.

Gaelan jeta un coup d'œil à Seraene. Celle-ci affichait un large sourire. Elle posa une main sur son ventre.

— Quoi ? demanda Gaelan. C'est comme ça que tu m'apprends la nouvelle ?

Elle éclata de rire.

Par tous les dieux, authentiques ou factices, comme son rire lui manquait.

Des vagues de plaisir submergèrent Gaelan, puis se retirèrent, le laissant froid, détaché. Gwinvere était à cheval sur lui. Elle ne portait plus que ses fines chaînes dorées. Elle s'interrompit dès qu'il eut un orgasme. Elle ne chercha pas à jouir. Pour elle, il s'agissait d'un travail, rien de plus. Pourtant, elle resta sur lui.

Elle le contempla. Avec ses cheveux ébouriffés, elle était magnifique. Elle le laissa s'imprégner de sa beauté surnaturelle après l'amour. Elle se pencha sur lui et une lueur de pitié passa dans ses yeux.

— Tu es un dieu habillé de chair, Gaelan Feu du Ciel, et tu es plus fragile que tu ne le crois. Prends garde à toi.

Elle se laissa aller contre sa poitrine et nicha sa tête au creux de son épaule. La pièce était fraîche et la peau de Gaelan était chaude. Peut-être appréciait-elle juste cette chaleur. Ce moment ne dura qu'un instant. Elle se leva presque aussitôt. Elle commença à s'habiller et il songea avec cynisme qu'elle s'était sans doute entraînée à cet exercice devant un miroir. Chacun de ses gestes était empreint de grâce. Ce n'était pas seulement une prostituée. C'était une artiste et elle tenait à l'impressionner, maintenant tout autant qu'au moment de leur rencontre.

— J'ai encore envie de baiser, dit-il. Tout de suite.

Cette fois-ci, il ne penserait pas à Seraene. Gwinvere était une merveille. Il se devait de l'apprécier. Il se devait de la satisfaire.

— Moi aussi, mais je dois encore passer dans le lit de trois hommes avant le lever du soleil. Et peut-être d'un quatrième s'il se montre gentil.

— Est-ce que j'ai été ton premier... ?

Il n'alla pas au bout de sa question. Elle était ridicule. Il avait du mal à croire qu'il avait failli la poser. Il ne savait pas d'où elle avait surgi.

— Bien sûr, Gaelan. J'étais vierge avant de coucher avec toi, ce soir, dit-elle d'une voix plate.

— Je parlais de la nuit, se dépêcha-t-il de dire d'un air gêné. Ce n'est pas grave. C'était une question idiote.

Elle le regarda et sembla hésiter.

— Tu es magnifique. Hanté par quelque chose, mais magnifique. Baisons demain, lorsque j'aurai fini de dîner avec l'ambassadeur. Tu pourras ensuite me dire si tu acceptes ma proposition.

Sa proposition ? Elle n'avait encore rien demandé.

Quelques minutes plus tard, Gaelan se fraya un chemin dans un brouillard d'herbe hystérique à travers lequel il distinguait les vagues silhouettes des participants à l'orgie. Des serviteurs silencieux étaient déguisés en chevaux noirs munis d'œillères. Ils s'occupaient des invités qui avaient dépassé leurs limites, emportaient les malades, glissaient des oreillers sous la tête des inconscients et posaient des couvertures sur les corps dénudés. La femme du comte ne portait plus que son masque de cygne et un bas en soie. Elle se précipita vers Gaelan en couinant, poursuivie par deux nobles égrillards aux visages découverts.

Avant qu'elle l'atteigne et qu'elle lui demande une aide dont elle n'avait pas vraiment envie, Gaelan se faufila dans une petite pièce bruyante. Des musiciens assis derrière un rideau opaque jouaient une version musclée d'un rythme tribal haranien. Deux seigneurs d'un certain âge fumaient des pipes richement décorées d'herbe hystérique en observant un couple qui dansait. Il reconnut la femme. *Gwinvere.*

Son cavalier, une espèce de jeune chimpanzé, avait agrippé la nuque gracile de la courtisane qui lui tournait le dos. Elle faisait glisser ses mains sur les hanches de son partenaire en ondulant contre lui comme un serpent. Elle aperçut Gaelan et se figea pendant un bref moment, puis elle se remit à danser. Elle palpa l'entrejambe du jeune aristocrate et plaqua ses fesses contre son bas-ventre sans détourner les yeux un seul instant.

Ce fut Gaelan qui céda le premier. Il fit demi-tour et se fondit dans la foule des invités, puis dans la nuit.

Quelqu'un lui emboîta le pas.

La personne qui le suivait était douée. *Très douée.* Plusieurs choix s'offraient à Gaelan. La proie a toujours le choix et les siens n'étaient que le prolongement des personnages qu'il avait incarnés au cours des six cent quatre-vingts dernières années. Différents hommes et différentes options débouchant sur différents avenirs.

Il redevint un jeune homme, l'être qu'il avait été à la naissance, le prince Acaelus Gassant. Il remarqua un passage étroit dans lequel son poursuivant devrait s'engager s'il ne voulait pas le perdre. Acaelus se cacha au premier coin de rue et guetta. Il invoqua son Don et se prépara à neutraliser l'indésirable. Il avait l'intention de le capturer, de lui assener quelques claques et de lui faire avouer le nom de son commanditaire. Il patienta…

Non, non, ce n'était pas possible. Le prince Acaelus ne s'était jamais montré aussi subtil.

Acaelus ? Tendre une embuscade ? Quelle plaisanterie !

Non, Acaelus s'immobilisa et se tourna au milieu de la rue dès qu'il sentit la présence de son poursuivant.

— Je sais que vous êtes là ! Allez, venez ! Si vous voulez vous battre, je vous attends. Si vous voulez savoir où je me rends, venez donc me le demander. Je suis le prince du royaume disparu de Trayethell et je ne goûte guère ce genre de bouffonneries. Sortez donc de l'ombre !

L'espion s'enfuit. Acaelus entendit des petits cailloux crisser sous des pas précipités. Il identifia la direction d'où venait le bruit et s'élança. Son Don inonda ses muscles. Il courait comme le vent. Il tira son épée et tourna un peu trop vite à une intersection.

Il bondit, prit appui contre un mur et se jeta sur son poursuivant. L'homme roula à terre et resta immobile.

Acaelus approcha. L'inconnu était allongé sur le dos. Il était de petite taille et portait une cape ainsi qu'une capuche.

Il se redressa soudain et deux dagues fendirent l'air en sifflant. Elles filèrent vers Acaelus.

Avec des réflexes surhumains, le bras d'Acaelus frappa de sa lame à gauche, puis à droite avant de reprendre sa position initiale. Les deux couteaux se perdirent dans la nuit tandis que l'épée s'enfonçait dans le cœur de l'espion.

Acaelus avait agi sans réfléchir, et il n'avait rien appris.

Après tout, il n'avait guère l'habitude de réfléchir. Ni de se remettre en cause.

Non, Acaelus était un noble imbécile. Sa réaction serait désastreuse. *Éliminé.*

Dehvirahaman ko Bruhmaeziwakazari ferait peut-être l'affaire. Non, le traqueur ymmurien était un chasseur exceptionnel, mais son talent ne servirait pas à grand-chose dans une cité. Ses sacoches en cuir et sa cape de camouflage auraient été parfaites dans une forêt, mais pas en ville. *Éliminé.*

Rebus le Svelte. Voilà un homme qui semblait convenir à la situation. Rebus était un voleur discret qui était devenu un héros. Il avait dérobé une fortune en or à un roi corrompu avant de la faire pleuvoir sur tous les marchés de la ville en même temps. Rebus se serait dirigé vers les quartiers louches. Vers la rive ouest. Vers le Dédale.

Rebus fit de nombreux détours, comme s'il craignait d'être suivi, mais qu'il n'eût pas remarqué son poursuivant. Les espions aiment croire qu'ils sont habiles.

S'il s'agissait du serviteur d'une dame ou d'un seigneur, il était peu probable qu'il ose traverser le pont Vanden pour s'engager dans le Dédale. Il préférerait sans doute renoncer et faire demi-tour. Mais il ne le fit pas. Cela signifiait que son commanditaire était un personnage puissant. Une fois dans les quartiers pauvres, Rebus feignit de relâcher sa vigilance. Il se contenta de marcher d'un pas rapide, ce qui accentuait son boitillement.

Il descendit une ruelle en claudiquant, tourna à gauche, à droite, deux fois à gauche, et s'engagea dans une rue si étroite qu'il pouvait toucher les murs penchés en écartant les bras. Il parcourut une longue distance sans croiser la moindre intersection et arriva au fond d'un cul-de-sac. Malédiction ! Il n'était pas dans les bas quartiers de Borami dont il connaissait les moindres recoins. Il avait fait une erreur et il était même possible qu'il ait facilité la tâche à son poursuivant.

Il se tourna. L'espion était là. Il tenait deux longs couteaux. Ainsi, ce n'était pas un espion, mais un assassin. Il était encadré par deux acolytes. *Des archers, apparemment. Et pas des amateurs.*

— Rebus le Svelte, dit l'inconnu. (Il fit un geste du menton en direction du pied droit, celui qui était tordu, de Rebus.) C'est de l'ironie ?

— Plus je vieillis, et moins j'aime l'ironie. Mais j'ai été jeune, jadis. Je me suis choisi ce nom quand j'ai commencé à m'intéresser à la magie corporelle. Lorsqu'on allonge ses bras et ses jambes, on reste sacrément maladroit pendant un moment. J'espérais que ce nom finirait par devenir ironique.

— Je suppose qu'il est temps de vérifier si c'est le cas.

Des flèches sifflèrent en traçant des sillons brûlants dans la nuit.

Encore du sang, encore des morts, et pas plus de réponses.

Non, les instincts de Rebus ne convenaient pas. Et puis, dans le Dédale, avec ses riches habits, Gaelan risquait d'être agressé avant d'avoir une chance de se laisser coincer par un assassin. *Éliminé.*

Alors, Gaelan, les hommes que tu as été ne te sont donc d'aucune utilité. Et que penses-tu du fermier devenu un héros de guerre ? Qui vas-tu être maintenant ? Qui sera le prochain ?

Gaelan n'avait pas l'intention de laisser l'espion lui dicter sa conduite. Il en avait assez. En vérité, Gaelan – le Gaelan qu'il avait imaginé lorsqu'il avait cessé d'être Tal Drakkan, son identité précédente, le Gaelan qu'il avait été pendant vingt-cinq ans – était un homme simple et direct. Un peu comme Acaelus. Jusqu'au dernier moment. Mais maintenant, ce personnage fondait comme un masque de cire devant une cheminée. Gaelan ne savait pas trop qui il allait devenir. Serait-il encore humain ?

Il se dirigea vers son auberge en prenant le chemin le plus direct. C'était le meilleur moyen pour que le meurtrier se décide à l'attaquer – à supposer qu'il y ait bien un meurtrier. Il continua à marcher. Rien ne se passa. Il arriva à l'auberge et gagna aussitôt sa chambre en portant la lanterne que lui avait donnée le veilleur aux yeux gonflés de sommeil. Il ouvrit la porte, entra dans la pièce obscure et souffla la bougie.

Si un assassin l'attendait en embuscade, la lumière crue l'aveuglerait pendant quelques instants. À supposer qu'un assassin l'attende dans sa chambre.

Gaelan, lui, ne fut pas incommodé. Les ombres étaient les alliées de ses yeux depuis qu'il avait fusionné avec le ka'kari. La pièce était déserte. Les sceaux magiques qu'il avait placés sur les fenêtres étaient intacts.

Il se coucha sans avoir démasqué quiconque, sans avoir tué quiconque. Il avait pris la bonne décision. La patience était une leçon que l'immortalité aurait dû lui apprendre depuis longtemps.

Ouais, mais la patience m'emmerde.

— Je n'ai jamais couché avec une femme aussi épatante que toi, dit Gaelan au terme de leur quatrième joute amoureuse.

— C'est un compliment que j'entends souvent, rétorqua Gwinvere.

Elle le taquinait, mais elle conservait ses distances, son attitude professionnelle. Ils étaient allongés sur son lit. Ils étaient nus et elle avait posé sa tête sur la poitrine de son amant.

Mais rarement de la part d'un homme âgé de six cent quatre-vingts ans.

Il lui pinça un téton en guise de punition. Elle éclata de rire et il fit de même.

— Quelqu'un m'a suivi jusqu'ici, dit Gaelan. Est-ce que c'était un de tes hommes ?

Gwinvere hésita pendant une fraction de seconde. Son corps se raidit contre celui de Gaelan. Cela signifiait que oui. Elle n'essaya pas de lui mentir.

— Il t'a suivi la nuit dernière également. Je voulais savoir si tu allais dire à quelqu'un que je souhaitais louer tes services.

— Hmmm. Ainsi, tu as l'intention de me faire faire quelque chose de vilain. Et tout ce que tu as appris, c'est que je ne fais pas de rapport quotidien à mes éventuels employeurs. Mais peut-être qu'ils me laissent les coudées franches.

Il avait fait le bon choix. Le meurtre d'un serviteur des Neuf n'était sûrement pas le meilleur moyen de commencer une nouvelle vie dans cette ville.

D'un air absent, Gwinvere fit glisser ses doigts sur sa poitrine en y traçant des arabesques. Elle réfléchissait aux paroles qu'elle allait prononcer.

— Tu es un risque que je suis prête à prendre, dit-elle enfin. As-tu entendu parler des pisse-culottes ?

— Les assassins qui emploient la magie ?

— Il en existe un nombre limité à chaque époque. Personne ne sait vraiment combien. Ils doivent prêter un serment magique qui les oblige à servir le Shinga. Ils ne peuvent pas s'en prendre à lui ni accepter de contrats sans son accord. En ce moment, il n'y en a que cinq. Je veux que tu tues quatre d'entre eux.

— Et le cinquième ?

— Le cinquième t'entraînera. C'est lui qui t'a suivi hier et aujourd'hui. Ben Caleu.

— Caleu le Balafré ?

Gaelan avait déjà entendu ce nom, mais il ne savait pas grand-chose sur cet homme.

— Il est un peu… excentrique.

Quand on était membre des Neuf, il n'y avait qu'une raison de vouloir se débarrasser des assassins du Shinga.

— Et quand j'aurai tué ces pisse-culottes, tu veux également que je me charge des Neuf ? Et du Shinga ?

Gwinvere s'assit. Bien qu'il soit repu, Gaelan ne put s'empêcher d'admirer son corps avant de la regarder dans les yeux.

— Non, dit-elle. Je me chargerai d'eux d'une autre manière.

— Et tu seras Shinga, et je deviendrai un pisse-culotte sans t'avoir juré fidélité. Après ce que tu m'auras fait faire, tu ne crois pas que ce sera un peu trop dangereux de me laisser traîner dans les parages ?

Un bref silence s'installa.

— Tu es intelligent, Gaelan Feu du Ciel. C'est une qualité que j'apprécie. La plupart des hommes auraient été choqués que je leur demande de tuer quelqu'un. Ou bien ils auraient songé qu'une femme est incapable de diriger le Sa'kagué.

J'ai connu Irenaea Blochwei et Ihel Nooran. Après de telles rencontres, on ne doute plus des talents des femmes.

— Et donc ? se contenta-t-il de dire.

— Tu vas fouiller dans mon passé, bien entendu. Vois comment je traite les prostituées qui souhaitent prendre leur retraite. Vois comment je traite les adversaires qui finissent par travailler pour moi. Vois la place que j'accorde à la cruauté et à la vengeance dans la manière dont je gouverne.

— Pourquoi ne me le dirais-tu pas tout de suite ? Ça nous ferait gagner du temps.

Il vérifierait quoi qu'il arrive, bien entendu, mais il était intéressant d'entendre la version de la personne concernée.

— J'emploie la vengeance seulement quand mon pouvoir est menacé. Pas pour ma satisfaction personnelle. Je ne jette pas des armes sur un coup de tête. Surtout quand il s'agit de lames bien aiguisées. Si tu te débarrasses des quatre pisse-culottes et que tu reçois l'enseignement du cinquième, comment pourrais-je te menacer ? J'aurai tout intérêt à te garder à mon service.

— Comme animal de compagnie ?

— Comme allié. Comme amant – dans la mesure où tu ne te mêles pas de mes affaires et où tu fiches la paix aux hommes avec qui je couche.

— Et tu ne me demanderas pas de prêter ce serment magique ?

— Je ne pense pas que ce sera nécessaire.

Elle sourit. Elle était magnifique.

— Ce n'est pas ce que j'ai demandé, dit Gaelan.

Le sourire de Gwinvere s'élargit. Elle était heureuse qu'on la défie.

— Je ne te le demanderai pas et je ne te forcerai pas à prêter quelque serment d'obéissance que ce soit.

— Et si j'accepte ta proposition, que me donneras-tu ? En dehors d'une montagne de pièces d'or et des meilleures séances de baise de ma vie – deux récompenses que je tiens déjà pour acquises ?

Gwinvere sourit de nouveau.

— Mon réseau d'espions t'aidera à trouver l'homme que tu cherches.

Gaelan eut l'impression qu'un golem de pierre lui écrasait la poitrine. Pendant un long moment, il fut incapable de respirer.

— Soit, dit-il enfin. Je suis d'accord, à condition que tu ne m'aies rien caché. Je vérifierai tout ce que tu m'as raconté et tu peux dire à ce Caleu le Balafré que je l'attends à mon auberge, demain soir.

Gwinvere rayonnait. Ses doigts glissèrent sur les abdominaux de son amant. Puis, plus bas.

— Encore une fois ? proposa-t-elle.

Caleu le Balafré était un homme dégingandé d'origine friakienne. Il avait des joues rebondies, le teint cireux, et ses cheveux évoquaient une gerbe de blé noir. Ses muscles longs et fins trahissaient ses compétences martiales. Il était assis sur le lit de Gaelan, dans la chambre fermée à clé. Les sceaux magiques de la fenêtre étaient intacts et la serrure n'avait pas été crochetée. Caleu était fier de ses talents professionnels.

— Caleu le Balafré ? s'enquit Gaelan.

Les paroles de Gwinvere s'étaient révélées exactes, ainsi qu'il s'y attendait. Elle était impitoyable avec ceux qui s'opposaient à elle, mais généreuse quand elle avait l'occasion de l'être. Généreuse envers les personnes utiles, ou les personnes qu'elle estimait pouvoir être utiles. Elle ne cherchait jamais à détruire ce qui pouvait lui servir. Elle aimait les enfants.

Ben se leva et deux dagues jaillirent de nulle part. Elles fendirent l'air en sifflant, les poignées en avant.

Gaelan les saisit en plein vol, sans réfléchir.

Ben esquissa un petit sourire carnassier.

— Les Anges de la Nuit t'ont à la bonne, observa-t-il.

— Les Anges de la Nuit ? demanda Gaelan.

Son cœur cessa de battre. Le pisse-culotte ouvrit la fenêtre en brisant les sceaux magiques.

— Viens, dit Caleu. La route des enfers nous attend. Fais de ton mieux pour me suivre. C'est l'heure de la première épreuve.

— Je ne comprends toujours pas le rapport entre cette histoire et le ka'kari, dit le petit rouquin.

Yvor Vas appartient à la confrérie de la Deuxième Aube, une organisation secrète qui se consacre à l'étude des ka'karis – ou plutôt de l'immortalité conférée, selon elle, par les ka'karis. Il s'agit d'un groupe plus ou moins informel, car cette immortalité ne peut être partagée. Les membres de la confrérie en sont conscients, même s'ils conservent quelques espoirs cachés.

— C'est à cause du ka'kari que je suis venu à Cénaria, dis-je.

— Vous en cherchiez un ? Ou celui que vous possédez vous l'avait demandé ?

Je vide un nouveau pichet. Depuis que j'ai fusionné avec le ka'kari, il me faut de sacrées quantités d'alcool pour me soûler.

Ce n'était pas la première fois que Gaelan traversait une ville en passant par les toits – Rebus le Svelte et Dave le Furtif entretenaient des relations tendues avec le guet. Mais ces deux hommes avaient vécu dans des cités où les bâtiments étaient construits avec des matériaux de bonne qualité. C'était une chose de bondir entre des terrasses en clayonnage ou des murs en pierre, mais c'en était une autre de sauter d'un toit en ardoise et en bambou pour atterrir sur une surface en terre cuite friable. Cénaria ne produisait pas de bois et exploitait peu ses richesses naturelles, si bien que les bâtisseurs devaient utiliser ce qu'ils avaient sous la main.

Dans les villes où les constructions étaient solides, on pouvait se déplacer rapidement et exécuter des sauts impressionnants. À Cénaria, Gaelan et Ben Caleu avançaient à peine plus vite qu'un homme au pas de course. Les bonds devaient être aussi légers que les atterrissages.

Gaelan sauta en direction d'un toit en terrasse. Lorsque ses pieds touchèrent le sol, la surface en terre cuite se fragmenta et s'effondra. Il fit un roulé-boulé et se releva sans interrompre sa course.

— Parfait ! cria Ben depuis un toit voisin. Tu as réussi la première épreuve. Passons à la deuxième !

Il croisa les bras sur la poitrine et descendit du toit pointu sur lequel il se trouvait.

Gaelan bondit au-dessus d'une rue et se précipita vers l'endroit où le pisse-culotte se tenait quelques instants plus tôt. Il n'y avait plus personne. Juste le vent et la bruine. Les muscles tendus, Gaelan scruta les ténèbres. Malgré sa Vue surnaturelle, il ne remarqua rien.

— Ici, souffla une voix.

Gaelan se retourna brusquement en dégainant ses dagues et en se baissant. Il n'y avait rien.

Quelque chose le frappa au creux des genoux et il bascula en arrière. Il tomba puis roula sur le toit en pente. Il lâcha ses dagues tandis que ses doigts cherchaient une prise sur les ardoises.

Il bascula dans le vide. Il tendit les mains dans l'espoir de saisir une gouttière, un rebord de fenêtre, n'importe quoi. *Rien.* Il n'y avait que quelques statues de chiens-gargouilles qui décoraient le bâtiment. Il essaya d'en attraper une, en vain.

Et soudain, des membres invisibles de pure magie jaillirent de lui et agrippèrent une statue. Il tira si fort qu'il la brisa, mais l'élan le ramena sur le toit.

Il se mit en garde à l'instant où ses pieds se posèrent sur les ardoises. Une garde de combat plangane si basse qu'elle en était ridicule, mais qui lui permit de conserver son équilibre malgré la déclivité. Il valait mieux avoir les mains libres, au cas où.

Ben le Caleu se tenait devant lui, bras croisés. Il gloussa.

— Il semblerait qu'il te reste des choses à apprendre, escrimeur.

— Tu es ventriloque, dit Gaelan. (Ben sourit.) Tu ne me prendras pas deux fois à ce petit jeu.

Ben avança jusqu'au bord du toit et jeta un coup d'œil dans la ruelle où gisaient les fragments du chien-gargouille. Une petite foule s'était rassemblée et les gens levaient la tête d'un air inquiet.

— Bon, dit-il. On a assez amusé les habitants du quartier pour ce soir.

— Où est-ce que tu as appris ce style ? demanda Gaelan la nuit suivante.

Les deux hommes s'entraînaient au bâton et la technique de Ben lui rappelait celle de Peerson Jules, un des derniers vassaux lae'knaughtiens sains d'esprit. Il avait vécu deux siècles auparavant.

— Je l'ai inventé, répondit Ben. Mon maître n'utilisait que des lames.

Il attrapa une paire de sais accrochée au mur et il se fondit peu à peu dans le néant. Il appelait cela « embrasser les ombres ». En pleine lumière, cela permettait à un homme de se transformer en silhouette noire comme l'encre. Il ne devenait pas invisible et le résultat était loin d'égaler ce que Gaelan était capable de faire avec son ka'kari, mais par une nuit sans lune, c'était sacrément efficace.

Ben savait aussi étouffer le bruit de ses pas.

Les deux adversaires s'exercèrent avec toutes les armes possibles et imaginables. Ben était rapide et Gaelan apprenait vite. Le pisse-culotte était impressionné par les compétences guerrières de son élève – bien que celui-ci ait pris soin de ne pas dévoiler l'étendue de ses talents. Il parla à Gaelan de techniques qu'il n'employait pas, mais qui étaient utilisées par les autres pisse-culottes. Enfin, il lui donna un énorme ouvrage sur les poisons.

— Mon maître a eu, euh… un malheureux accident avant de pouvoir m'enseigner tout ce qu'il y a là-dedans. Et comme je ne suis pas un très bon lecteur…

— C'est très généreux de ta part.

— Ne t'inquiète pas. Je le facturerai à Gwinvere.

Ah! Ben était incapable de déchiffrer les codes et le livre lui était donc inutile, mais ce n'était pas un article qu'on vendait facilement. Qui était prêt à acheter ce genre d'ouvrage? Les personnes intéressées pouvaient très bien être vos ennemis. Il était donc préférable de s'en débarrasser en le refourguant au prix fort à un ami. C'était bien pensé.

Ben ne lui enseigna pas grand-chose en matière de déguisements. Il affirmait qu'avec ses cicatrices, il était incapable de se faire passer pour quelqu'un d'autre.

Il regarda Gaelan tirer à l'arc et planter une flèche au cœur de la cible dix fois de suite, à cent cinquante mètres de distance. Gaelan était un archer renommé.

— Bon, dit le pisse-culotte. On dirait que ce n'est pas la peine de s'attarder sur le maniement de cette arme.

Gaelan ne réussit jamais à projeter sa voix comme Ben, qui était également capable d'imiter de nombreuses personnes. L'immortel était persuadé que cela avait un lien avec la pratique de la magie corporelle que Ben employait bien plus souvent que lui.

Gaelan aurait fait preuve de courtoisie en enseignant quelques-uns de ses petits secrets à son maître. Mais malgré leur amitié, il n'avait pas oublié que Ben était un assassin. Il n'avait aucune intention de dévoiler ses techniques à un pisse-culotte.

Deux semaines plus tard, ils s'affrontèrent, l'un armé d'une faucille, l'autre d'un pieu attaché au bout d'une chaîne. L'entraînement dura dix heures et les deux hommes transpirèrent abondamment à cause du feu qu'ils alimentaient afin de régénérer leurs Dons. Ben se débarrassa de sa tunique et Gaelan vit ses autres cicatrices pour la première fois.

Les Friakiens développaient très souvent des chéloïdes. Leur corps semblait repousser les cicatrices vers l'extérieur, leur donnant ainsi un aspect boursouflé. Ben Caleu en était couvert de la tête aux pieds. C'était lui qui s'était infligé la plus grande partie de ces blessures.

— J'étais le fils d'un gorathi. Un prince, si tu préfères. J'ai été enlevé alors que je n'étais qu'un jeune garçon. C'était une terrible insulte pour mon père. À Friaku, un fils incarne la force de son géniteur. J'ai été emmené ici et vendu pour participer aux jeux de la Mort, où j'ai excellé. Lorsque j'ai gagné ma liberté, je suis retourné à Friaku, mais mon clan avait été massacré depuis bien longtemps. Personne ne s'en souvenait. Pour ce que j'en sais, les marchands d'esclaves ont peut-être menti. Il est possible que je sois un simple fils de paysan. Je ne saurai jamais la vérité.

Un tabou interdisait aux Friakiens d'évoquer les morts. Ben avait peut-être posé des questions à son oncle, mais s'il n'avait pas abordé le sujet avec habileté, l'homme avait probablement feint l'ignorance. Ayant été élevé dans une autre culture, Ben ne se serait sans doute aperçu de rien.

— Et celle-là ? demanda Gaelan. Elle correspond à quoi ?

La plupart des cicatrices semblaient n'avoir aucun sens. Ce n'étaient que des formes entremêlées de vagues caractères friakiens. Pourtant, au centre de la poitrine, Ben avait tracé un large cercle coupé en deux par une ligne verticale qui descendait jusqu'au sternum. La cicatrice avait été ouverte et rouverte à de nombreuses reprises.

— J'avais fabriqué un pendentif avec deux clous de fers à cheval. On me l'a confisqué lorsque j'ai commencé mon entraînement pour les jeux de la Mort. Alors je m'en suis taillé un autre de manière à ne pas l'oublier. Quand je suis retourné à Friaku, personne n'avait jamais vu ce symbole. Et toi ?

— Ça ne me dit rien, mentit Gaelan.

Ben Caleu avait été arraché à un monde qu'il ne connaîtrait jamais. Son univers avait été détruit alors qu'il n'était qu'un enfant. Il s'accrochait à ce signe parce qu'il voulait affirmer son identité friakienne – c'était même une obsession qui frôlait les frontières de la folie. Il tenait plus que tout à ses racines.

De toute façon, les valeurs n'étaient pas éternelles, surtout les valeurs liées aux symboles universels tels que les lignes et les cercles. Et puis, il y avait bien longtemps que Gaelan n'avait pas vécu à Friaku.

Mais en vérité, l'immortel n'avait pas le cœur d'expliquer à Ben ce que ce symbole signifiait vraiment.

Il n'y a pas d'héroïsme.

Il n'y a pas de justice.

Il n'y a pas de paradis.

Gaelan n'était pas vêtu de noir. Il ne faisait pas nuit. Il portait une simple tunique bleue de marchand ainsi qu'un grand chapeau élimé. Une cape était posée sur ses genoux. Il était assis sur le piédestal en ruine d'une statue disparue depuis longtemps. Il mangeait une saucisse avec une miche de pain. Le soleil n'allait pas tarder à se coucher. Le long de la Plith, le marché du Dédale commençait à fermer. Quelques échoppes resteraient ouvertes une heure de plus pour proposer de la nourriture chaude aux passants qui rentraient chez eux. Mais les navires-boutiques qui venaient se ranger le long des quais pour vendre leurs articles s'éloignaient déjà. Leurs propriétaires ne tenaient pas à passer la nuit amarrés dans un quartier aussi malfamé.

Ce n'était pas l'affluence, mais il y avait quand même du monde. Gaelan aperçut sa cible qui arrivait à l'autre extrémité du marché. L'homme n'attirait pas les regards. Il aurait pu être un marchand. Mais le dessin de Gwinvere était excellent et Gaelan n'eut aucun mal à reconnaître le pisse-culotte. Malgré sa petite stature, Nils Skelling avait la réputation d'être un guerrier hors pair avec une hache. C'était un remarquable grimpeur, un excellent nageur et un redoutable lutteur. On racontait qu'il avait tué quinze lanciers lae'knaughtiens à mains nues. On racontait également qu'il avait le sens de l'humour. Nils marchait le long du quai. Les gens avaient tendance à éviter cet endroit, de crainte qu'un brusque mouvement de foule ne les projette dans le fleuve où se déversaient tous les égouts de la ville.

Un pisse-culotte ne redoutait pas ce genre de mésaventure.

Il n'y a pas de sixième sens.

Il n'y a pas d'enfer, sinon sur terre, et la mort est pire que la vie.

Gaelan toussota et se frappa la poitrine. Il se leva sans cesser de manger et se coupa un autre bout de saucisse. Au milieu des gens pressés qui marchaient en haletant et en reniflant, il aurait tout aussi bien pu être invisible.

Le pisse-culotte passa entre l'immortel et le fleuve. Il avait les yeux d'un tueur. C'était suffisant. Gaelan lui planta son couteau dans les reins. Le coup était mortel et si douloureux que la victime se révélait incapable de crier. Avec la main dissimulée sous sa cape pliée, Gaelan accrocha un poids en plomb à la ceinture de Nils. Puis, il lança un sort qui entraîna doucement le pisse-culotte vers le bord du quai.

Il continua son chemin et s'éloigna avant de se mettre à tousser sans retenue pour attirer l'attention des passants. Pendant ce temps, Nils tomba à genoux et bascula dans le fleuve. Le bruit fut couvert par la toux de Gaelan. Le poids entraîna le corps dans les profondeurs. Tout était terminé.

Il n'y a pas de gloire.
Il n'y a pas de lumière.
Il n'y a que la victoire.

— Lorsque tu commenceras à tuer, il ne faudra rien me dire, expliqua Ben Caleu. Je suis toujours lié par mon serment au Shinga. Si *j'apprends* que quelque chose le menace *directement*, je n'aurai pas d'autre choix que de l'en informer. Tu comprends ? Ça n'a rien à voir avec : « Je suis obligé de le faire parce que je suis un homme honorable. » C'est une contrainte magique.

Ben Caleu était un être intelligent. Il connaissait parfaitement les limites de cette contrainte, et il les frôlait en acceptant d'entraîner Gaelan.

— Si le Shinga en donne l'ordre, il faudra que je te tue, Gaelan. Tu dois terminer ton affaire avant que les Neuf se rendent compte de quelque chose. Je ne t'ai pas tout appris, mais si tu réussis, je pourrai le faire sans que nous soyons pressés par le temps. Je dois présenter mon rapport au Shinga dans deux semaines. Il lui arrive d'oublier de me poser la question, mais il me demandera peut-être si j'ai entendu parler de menaces contre lui. S'il le fait, il faudra que je lui dise la vérité.

— Très bien.

Deux semaines. La clepsydre décomptait chaque seconde. *Soit.* Gaelan aimait se sentir acculé. Il y avait longtemps qu'il n'avait pas éprouvé ce sentiment.

Comme la plupart des pisse-culottes, Polus Merit vénérait Nysos, le dieu du sang, du vin et de la semence. Il était déjà à moitié ivre lorsque Gaelan le rencontra dans un bordel. C'était un homme imposant, relativement gros compte tenu de sa profession. Cependant, sa spécialité était les poisons. Les poisons et les épées à deux mains.

Il avait lui aussi participé aux jeux de la Mort. Il était apothicaire, mais il s'était endetté auprès de personnes peu recommandables, et il avait été réduit en esclavage avec sa femme et ses enfants. Ceux-ci n'avaient pas survécu. Gaelan ignorait ce qui leur était arrivé et il ne tenait pas à l'apprendre. Quand Polus avait été obligé de prendre part aux jeux de la Mort, personne n'aurait pensé qu'il survivrait plus d'un jour. Pourtant, les combats dans l'arène l'avaient ravi. Aujourd'hui, il avait quarante-cinq ans, était chauve et bedonnant, mais sous sa couche de graisse, il était encore puissant et son Don était redoutable.

Il but une grande gorgée de vin rouge séthi et regarda Gaelan qui se tenait au comptoir.

— Ton aura a quelque chose de dangereux, dit-il.

— Va te faire foutre ! lâcha Gaelan. T'es pas mon genre !

Il avait vu les yeux de Polus. Des yeux souillés par le meurtre. Il ne lui en fallait pas davantage.

Polus approcha et s'assit près de lui.

— Tu sais qu'il y a parfois de petits pouvoirs très intéressants qui accompagnent le Don ?

— Hé ! Fous-moi la paix !

— J'ai souvent des sortes de prémonitions. Pas assez précises pour être utiles, tu vois. Juste quelques images. Ma femme morte, des trucs comme ça qui m'empêchent de dormir. J'ai eu une vision dans laquelle j'étais tué par quarante hommes. Bizarre, hein ? Mais en te regardant, j'ai l'impression de voir ces quarante hommes en même temps. Durzo Blint.

Quoi ? Gaelan n'avait jamais employé un tel nom. C'était même la première fois qu'il l'entendait.

Polus Merit gloussa tout bas, comme un homme ivre.

— Je ne pense pas que je sois capable de t'arrêter. Tu sais, la suite est déjà écrite, comme on dit. (Il sourit.) Je suppose que le moment n'est pas si mal choisi que ça. Ma fille préférée travaillait ce soir. Elle s'est bien occupée de moi. Le vin aurait pu être meilleur, mais bon…

Polus haussa les épaules et sortit sa bourse. Il la posa sur le comptoir et fit signe à la serveuse – une jeune femme portant une robe très courte – d'approcher.

— Veille à ce que cette escarcelle soit remise à Anesha, tu veux bien ?

— Tu es ivre, Polus ?

Le pisse-culotte lui sourit et secoua la tête.

Lorsqu'elle s'éloigna, il se tourna vers Gaelan.

— Je ne vais pas te demander de faire dans la douceur. Les dieux savent que je ne le mérite pas. Mais je te serais reconnaissant de faire vite.

Gaelan le regarda comme s'il avait affaire à un fou. Mais il était envoûté, incapable de faire un geste ou de prononcer une parole. *Un Don de prophétie.* Si ce type commençait à raconter tout ce qu'il avait vu, il était fichu. « Quarante hommes en même temps. » De qui pourrait-il s'agir sinon d'un immortel ?

— Je vais faire un tour, dit Polus. Le long du fleuve.

Il se leva.

Lorsqu'il fut parti, Gaelan sortit par-derrière sans perdre de temps, au cas où Polus aurait décidé de lui tendre une embuscade. Il ne vit personne. Il grimpa sur les toits et bondit de maison en maison. Il glissa une corde à son arc long et vérifia ses flèches.

Polus n'avait pas menti. Il marchait avec lenteur le long de la Plith, deux rues plus loin. L'endroit était calme et il serait facile de se débarrasser du corps. Gaelan n'était qu'à cent cinquante mètres.

~ C'est indigne de toi. Cela ne te ressemble pas, Acaelus. ~

Maintenant.

Une demi-respiration, l'immobilité sacrée qui précède le meurtre.

Il lâcha la flèche. Le trait se ficha dans la nuque. *Un tir parfait. Une mort instantanée.* Polus se recroquevilla et glissa sur le sol.

Quand Gaelan approcha pour faire rouler le corps dans le fleuve, il découvrit un bout de papier dans la main de Polus. Un seul mot était écrit.

« Merci. »

Il y a près de sept cents ans, une déflagration magique accompagna la Chute de Trayethell, pendant la bataille de la Brouette Noire. L'embrasement obscurcit le ciel et cacha le soleil. Il déchira la terre. On l'aperçut à deux cents lieues à la ronde et on le sentit de l'autre côté des océans.

On raconte que le dernier jour, ayant perdu ses amis, sa femme, le combat et ses espoirs, l'empereur Jorsin Alkestes se saisit des deux artefacts les plus puissants jamais créés ou jamais découverts. Personne d'autre que lui n'aurait été capable d'un tel exploit. Grâce à eux, son pouvoir, déjà légendaire, fut multiplié par mille. Jorsin aspira toute leur magie, et il n'y survécut pas.

Mais il ne fut pas le seul à mourir.

— Qu'est-ce que tu sais à propos du ka'kari ? demandé-je à Yvor Vas en terminant ma quatrième bière.

— Je sais bien des choses, répond l'imbécile constellé de taches de rousseur. Si ce n'était pas le cas, pourquoi m'entretiendrais-je avec vous ? Mais vous, vous connaissez tout ce qu'il y a à connaître sur le sujet, alors pourquoi me posez-vous cette question ?

— Je sais ce que je sais. Ce que j'ignore, c'est ce que tu *crois* savoir. Et si tu t'adresses à moi sur ce ton une fois encore, tu te retrouveras dans une position idéale pour chercher les pièces égarées par terre.

— De quel ton parlez-vous ? s'enquiert Yvor avec hargne.

Mon poing s'écrase sur la mâchoire du garçon qui s'envole et atterrit lourdement sur le dos. Une vague de satisfaction m'envahit.

— Ce ton-là, dis-je.

— Vous m'avez cassé une putain de dent ! gémit Yvor.

Ses lèvres saignent.

— Rassure-toi, dis-je. Mon poing n'a pas la moindre égratignure. Comme c'est curieux.

Une lueur de rage à peine maîtrisée brille dans les yeux d'Yvor. Il se relève et prend le temps de se calmer. Je l'observe avec attention.

— Il y avait six ka'karis, déclare-t-il enfin. Un pour chaque champion de la Lumière de l'empereur Jorsin Alkestes. Ils ont été créés par l'archimage de Jorsin, Ezra, au cours de la bataille de la Brouette Noire. La confrérie de la Deuxième Aube pense qu'ils confèrent l'immortalité à leurs porteurs. Il est possible de tuer le propriétaire d'un ka'kari, mais si on le laisse en paix, il vivra jusqu'à la fin des temps. Enfin, peut-être pas jusqu'à la fin des temps, mais au moins sept cents ans, ce qui ne fait pas une grosse différence à mes yeux. La plupart des membres de la confrérie pensent que vous êtes Shrad Marden, celui qui a reçu le ka'kari bleu, l'ami de Jorsin Alkestes.

L'ami ? Tu avais des amis, Jorsin ? Je croyais en être un, mais aujourd'hui, je n'en suis plus si sûr.

— Et toi ? Qu'est-ce que tu en penses ?

— Je pense que vous étiez, et que vous êtes toujours, Arikus Daadrul, le porteur du ka'kari d'argent. Celui qui était invulnérable aux coups d'épée et qui était capable de faire jaillir des lames de sa main d'une simple pensée.

— Une rumeur raconte que Polus Merit serait mort, dit Gwinvere Kirena. Et qu'il aurait donné une petite fortune à une de mes filles.

Gwinvere et Gaelan étaient dans un établissement appartenant à la courtisane, une minuscule bibliothèque agréable et bien pourvue. Gwinvere portait une robe bleue très simple, mais qui soulignait ses courbes ravissantes.

— Tu ne peux pas la faire taire ? demanda Gaelan.

— Les rumeurs attirent bien plus l'attention quand on essaie de les étouffer. Il n'est pas rare que les pisse-culottes disparaissent pendant des semaines d'affilée. Parfois, ils donnent de l'argent à leur catin préférée, au cas où ils ne reviendraient pas. Cela n'a rien d'étonnant. Pas encore. Je ne connais pas très bien la fille concernée, pas assez pour compter sur elle et lui faire confiance. Alors, je dirais que nous avons quatre nuits devant nous.

— Qui est le prochain ? s'enquit Gaelan.

— Saron et Jade Marion.

— Deux d'un coup ? Ils sont frère et sœur ?

— Mari et femme. Et un peu fous.

— Il faut l'être pour choisir ce genre de boulot, observa Gaelan.

— Ils ont un fils qui a sept ans.

— Je vais donc le rendre orphelin. Charmante perspective.

— Ils ont déjà commencé à lui apprendre le métier. Des fous, je te dis.

— Oh ! Je vais donc lui rendre service en le débarrassant de ses parents ?

— Dans cette vie, Gaelan, le destin de certaines personnes se termine avant même d'avoir commencé.

— Tu te chargeras de lui.

Les sourcils de la courtisane se haussèrent.

« D'abord tu t'inquiétais pour lui, et maintenant tu veux que je le tue ? » semblait-elle penser.

— Je voulais dire, tu prendras soin de lui, corrigea Gaelan. Tu ne vas pas le jeter à la rue. Je veux qu'il ait une chance. Même infime.

— C'est d'accord, dit Gwinvere.

Le couple battait l'enfant comme plâtre lorsque Gaelan arriva. Il atterrit sur le toit en terrasse de la maison voisine. Il avait pensé que ce serait plus facile ainsi. La demeure des Marion était en bambou et en papier de riz, avec un toit pentu. Elle était petite, mais située dans un quartier agréable du sud-est de la ville. Elle était entourée d'un grand jardin protégé par de hauts murs afin que les voisins ne puissent pas observer les entraînements.

Le choix d'une telle maison était un peu surprenant, et imprudent, de la part de deux pisse-culottes. Gaelan songea que lorsqu'on avait un enfant, il devait être difficile de passer discrètement d'une planque à une autre. Et puis, si un voleur avait jeté son dévolu sur cette propriété, il aurait très vite regretté son choix. Et si l'intrus savait à qui il s'attaquait, il était sans doute assez puissant pour trouver ses proies où qu'elles se cachent.

Mais quand même… c'était curieux.

C'était maintenant la mère qui battait l'enfant.

— Plus vite, Hubert ! Tu es pathétique ! Tu me dégoûtes !

Le garçon était recroquevillé à terre tandis qu'un déluge de coups s'abattait sur lui. Sa mère frappait avec efficacité, sans le moindre remords, sans la moindre pitié. Ses coups de poing traversaient la garde du malheureux.

M'aideras-tu à accomplir cette tâche ?

~ Qu'as-tu l'intention de faire, Acaelus ? ~

Obéis-moi, ou abandonne-moi, cœur noir. J'y vais.

Gaelan bondit. Son approche était motivée par plusieurs raisons tactiques : il y avait sans nul doute des pièges sur le mur d'enceinte ainsi que sur les toits et les portes de la demeure des Marion. Mais surtout, il avait envie d'en finir au plus vite.

Le problème des sauts, c'est qu'une fois en l'air, on ne peut plus changer de direction. Jade poussa un cri juste avant que Gaelan amorce sa descente. Il avait déjà dégainé son épée. Il porta un coup dans le dos de Saron en espérant toucher le cœur.

Mais Saron réagit sur-le-champ.

La lame de Gaelan s'enfonça profondément, mais elle lui fut arrachée des mains lorsque Saron bondit à son tour en invoquant la puissance de son Don.

Gaelan atterrit et perdit l'équilibre. Il effectua un roulé-boulé et se releva en lançant deux dagues en direction de Jade.

Celle-ci resta immobile, encore stupéfiée par son apparition.

Les deux lames la traversèrent… et elle se volatilisa.

Un mirage ! Évidemment. Jade était une spécialiste des illusions.

Une porte de la maison claqua. *Celle de derrière.* La pisse-culotte s'était déjà échappée.

Le garçon se releva et observa Gaelan les yeux écarquillés.

— Désolé, petit, dit Gaelan. Tout ça n'a rien à voir avec toi.

Il sauta par-dessus le mur d'enceinte et atterrit dans le jardin – plus modeste – de la demeure voisine. D'après ses calculs, Saron devait être par là.

Il ne s'était pas trompé. Les jambes tremblantes, Saron s'appuyait contre un petit arbre pour ne pas tomber. L'épée de Gaelan l'avait transpercé pour ressortir au-dessus du nombril, mais Saron avait bondi avec une telle puissance que la lame avait continué à trancher la chair vers le bas. Maintenant, la pointe dépassait à hauteur du bas-ventre, dirigée vers le sol. Elle était maculée de sang. Le liquide écarlate gouttait par terre comme de l'urine à l'extrémité d'un pénis.

— Tu ne l'auras pas, dit Saron.

— De quoi tu parles ? demanda Gaelan en jouant le jeu.

— La pierre rouge. Le rubis de feu.

Le ka'kari rouge ? Qu'est-ce que c'est que cette histoire ?

— Tu es en train de mourir, dit Gaelan. Si tu veux tenter quelque chose, fais-le maintenant. Après, tu n'en auras plus la force.

Saron voulut bouger. Un flot de sang – où l'on trouvait également quelques fragments de son anatomie – jaillit de son bas-ventre pour former une flaque rougeâtre à ses pieds. Son couteau glissa de ses doigts engourdis. Il poussa un grognement, le visage tordu par la douleur.

— Merde ! Trop tard. Va au diable.

— Est-ce qu'elle t'aime vraiment ? interrogea Gaelan à voix basse.

— Quoi ?

Une peur non feinte se lisait maintenant dans les yeux du pisse-culotte.

Gaelan poursuivit d'une voix plus basse encore.

— Est-ce que je vais être obligé de traquer Jade ou bien reviendra-t-elle ici si je reste assez longtemps à discuter avec toi ?

~Tu es un être méprisable, Gaelan.~

Fous-moi la paix.

— Je vais te crever ! s'écria Saron.

S'il avait parlé si fort, c'était sans nul doute pour couvrir…

Gaelan se précipita sur le côté.

Un pieu traversa l'air à l'endroit où il se trouvait un instant plus tôt. C'était une erreur. Son adversaire aurait dû l'attaquer à distance. Elle frappa de nouveau tandis qu'il se déplaçait. La pointe métallique déchira sa chemise en passant entre les côtes et le bras.

Gaelan immobilisa le pieu en serrant le coude. Il leva sa main libre et l'abattit juste en dessous du fer. Il brisa le manche avant que Jade ait le temps de dégager son arme.

La pisse-culotte avait agi précipitamment, mais Gaelan songea qu'elle avait des excuses. Elle s'était laissé emporter par ses émotions. Elle avait voulu le tuer le plus vite possible afin de pouvoir s'occuper de son mari à l'agonie. Mais elle s'était ressaisie.

Elle attaqua derechef en se servant du manche brisé comme d'un bâton. Son visage n'exprimait plus rien.

Gaelan était désarmé. Il se jeta derrière le petit arbre contre lequel Saron s'appuyait. Jade donna un coup qui fit trembler le tronc, ce qui arracha un gémissement à son époux.

Elle frappa d'estoc en évitant Saron. Gaelan esquiva une fois, deux fois, puis il bloqua la hampe et absorba le choc avant de repousser la pisse-culotte en arrière. Il profita du bref répit pour tirer l'épée plantée dans le dos de Saron.

Jade était blonde, avec des yeux verts comme il se doit. Elle était mince et musclée. C'était une beauté athlétique.

Elle fit virevolter le bâton à toute allure et commença à tourner autour de Gaelan dans le sens contraire des aiguilles d'une montre. Saron gémit de nouveau. Ses jambes l'avaient trahi et il avait glissé à terre. Son dos était appuyé curieusement contre le tronc.

Jade ne faisait pas mine d'attaquer. Sa figure était un masque de concentration. Sa garde était basse et le bâton tournoyait toujours.

Gaelan se serait laissé surprendre si le ka'kari n'avait pas rendu ses yeux aussi efficaces. Une faible aura lumineuse nimbait le corps de son adversaire. Le bâton ne produisait plus aucun son en fendant l'air.

Gaelan se baissa et pivota brusquement pour frapper *derrière* lui. Son épée dessina un arc lumineux et détourna la lame sombre de la véritable Jade. La pisse-culotte avait invoqué les ombres avant de se glisser derrière lui.

La soudaine offensive de Gaelan la décapita presque. Elle s'effondra aussitôt. Le coup lui avait tranché la colonne vertébrale. Une artère sectionnée fit jaillir un flot de sang sur son visage tandis que l'épée se retirait de sa gorge. Les ombres qu'elle avait invoquées reculèrent et disparurent.

Son double chimérique – son leurre, son sosie – continuait de tourner autour de Gaelan en faisant virevolter son bâton fantomatique. Jade avait projeté son illusion lorsque Gaelan s'était détourné pour récupérer son épée. *Brillante manœuvre.*

La fausse pisse-culotte se rapprochait en maniant son arme d'un air résolu.

Gaelan tendit la main et la toucha. Elle se volatilisa.

Il se tourna vers la véritable Jade, mais elle était déjà morte. Son illusion avait vécu plus longtemps qu'elle.

Nous ne sommes pas si différents, n'est-ce pas ?

L'enfant des Marion, Hubert, arriva en courant. Il tenait une arbalète miniature.

— Père ! Pèèère ! cria-t-il en pleurant.

Trois mètres plus loin, Gaelan observait la scène, enveloppé dans les ombres. Il se massa les tempes d'une main.

— Mère ! Mère !

Le garçon, l'orphelin, se précipita vers le corps de Jade.

Les ténèbres l'envahirent.

Gwinvere guida Gaelan jusqu'à la bassine et lava ses mains maculées de sang. Il savait qu'il devait se ressaisir, mais il avait l'impression de n'être qu'un mannequin de bois, une statue de plomb. Il était atone. Mort.

Jade. Ses cheveux blonds se perdaient dans la flaque sombre qui s'élargissait autour de sa tête. Le cou était tranché net de la clavicule au menton.

Jerissa. Petite Cénarienne aux yeux bruns. Ses traits figés ne seraient plus jamais éclairés par ce sourire curieux. La robe était gorgée de sang. Le coup d'épée lui avait transpercé le cœur.

Ysel. L'Ymmurienne au visage rond et angélique. Elle avait la poitrine broyée. Chacune de ses côtes était brisée.

Lithel. Ladéshienne lubrique aux innombrables petites tresses. Elle avait les yeux ouverts, révulsés. Le coup lui avait fait éclater l'arrière du crâne.

Hannan. Elle était toujours ravissante à soixante-dix ans. Ses cheveux étaient une coulée d'ivoire, ses sourires avaient creusé d'innombrables ridules au coin de ses lèvres. On voyait encore les marques des mains qui l'avaient étranglée autour de son cou.

Direla. Une peau sombre de Séthie, un nez patricien, des cheveux si noirs qu'ils en étaient presque bleus. La violence de son trépas n'avait pas laissé de marques – sur ses traits, du moins.

Fayima. Sa figure était tellement abîmée qu'il aurait été incapable de la reconnaître sans ce petit grain de beauté sur le côté du cou.

Ahnuwk aux cheveux platine. Aelin, la danseuse de feu. Kir, la duchesse exilée devenue pirate.

Et il y en avait bien d'autres. D'innombrables femmes, jeunes et vieilles. Les épouses et les amantes rencontrées au fil des siècles. Toutes étaient mortes. Toutes étaient mortes à cause de lui. D'une manière ou d'une autre.

Il tourna la tête et vit une file d'enfants morts. Ses enfants. Sa mort. Sa faute.

Gwinvere le débarrassa de sa tunique en la faisant passer par-dessus ses épaules, comme elle l'aurait fait avec un petit garçon. Il se tenait près d'une baignoire remplie d'eau chaude. Il n'avait même pas remarqué les serviteurs qui l'avaient apportée.

— Tu as parcouru un long chemin, Tal Drakkan – ou est-ce Gaelan Feu du Ciel maintenant ? Il n'est pas facile de fuir le passé, n'est-ce pas ?

L'homme était assis sur la selle de son magnifique destrier noir comme la nuit. Il affichait un sourire suffisant. C'était le genre d'individu qui finirait par connaître la déchéance, mais pas avant longtemps.

Gaelan ricana. Il ne dit rien. Il continua sa route pour rentrer chez lui.

— Tu es un duc, pas un fermier, lança le baron Rikku. Tout cela est derrière toi. Tu es un guerrier ! Je veux que tu te battes pour moi, Gaelan Feu du Ciel. Et je ne me satisferai pas d'un « non » !

— Il faudra bien.

Gaelan travaillait dans un champ. Il réparait le mur abîmé par les mouvements de sol de l'hiver. Il remettait les grosses pierres plates à leur place pendant que les grands aurochs hirsutes l'observaient d'un air perplexe.

— Ben voyons, dit-il au plus imposant qu'il avait baptisé Oren. Fais l'innocent. Je sais très bien que tu feras tout ton possible pour sauter par-dessus dès que j'aurai le dos tourné.

Gaelan trouva la pierre qu'il cherchait et il la fit rouler vers le mur. Il regarda à gauche, puis à droite, pour voir s'il y avait un voisin dans les environs.

Les gens du coin se demandaient déjà comment il arrivait à accomplir les travaux de force sans aide.

Personne.

Il invoqua son Don et souleva le rocher pour le remettre à sa place.

— Pas mal, hein ?

Il se tapa dans les mains pour faire tomber la terre et la boue qui les maculaient.

Oren ne semblait guère impressionné.

Gaelan aimait le travail de fermier. Celui-ci exigeait assez d'efforts physiques pour le maintenir en forme sans qu'il ait recours à la magie corporelle. Imposer l'ordre à la nature chaotique. Les sillons parallèles des charrues. La simplicité des voisins qui ne lui demandaient rien, sinon un coup de main pour construire une grange de temps en temps.

Il répara le mur sur une lieue avant que le soleil se couche. Puis il rentra chez lui, sale, trempé de sueur, et heureux.

En arrivant, il découvrit sa fille et sa femme enceinte sur le grand chêne qui se dressait devant la maison. *Pendues.*

Il tomba à genoux. Il hurla.

— Seraene ! Alinaea !

Il prononça ces noms en sanglotant.

— Chut. Chut.

Gwinvere était allongée près de lui sur son lit, les bras autour de lui, comme pour le protéger. Elle caressa ses cheveux sur ses tempes.

Lorsqu'il se réveilla, le matin suivant, la courtisane était déjà levée. Il croisa son regard. Il était prêt à jurer qu'une lueur de désir authentique brillait dans ses yeux.

— Prends-moi, dit-elle. Tu te sentiras comme avant lorsque nous aurons fini.

En vérité, il se sentait *déjà* mieux. Au cours de son sommeil, les sentiments réveillés par ses souvenirs s'étaient évanouis, comme une nausée provoquée par l'ingestion de champignons non comestibles. Mais il aurait fallu être un parfait imbécile pour repousser une femme aussi belle que Gwinvere Kirena. Il l'attira dans ses bras.

— Il n'en reste plus qu'un, dit Gwinvere.

Elle avait enfilé un peignoir. Ses joues étaient encore écarlates après leur joute amoureuse, mais elle était redevenue une femme d'affaires.

Gaelan s'assit sur le lit.

— Qui est-ce ?

— Caleu le Balafré. Il est le seul à savoir qui tu es, Gaelan. Il est le seul à pouvoir deviner ce que je prépare. Et il a été convoqué pour faire son rapport au Shinga. Ce soir. Je suis désolée de te demander ça, mais il n'y a pas d'autre moyen.

—*Arutayro ?*

La voix venait de la table voisine. C'était une vieille coutume de pisse-culottes. La promesse de ne pas recourir à la violence pendant une heure. L'auberge était sombre. Des nuages de tabac et d'herbe hystérique flottaient dans l'air. C'était le genre d'endroit où on ne posait pas de questions aux étrangers.

—*Arutayro*, confirma Gaelan.

Ses armes étaient sur la table, enveloppées dans une ceinture en tissu.

Ben Caleu posa le paquet contenant les siennes à côté, puis il s'assit.

—Je ne m'attendais pas à ce que tu connaisses la signification d'*arutayro*, Gaelan. C'est une tradition ancienne. Très ancienne.

—Je suis plus vieux que j'en ai l'air.

—Peut-être, mais je doute que tu sois plus âgé que moi.

—Hmmm. Combien de temps avons-nous ?

—Je dois faire mon rapport dans trois heures. Si tu as l'intention de me tuer, il va falloir que tu…

—Je n'ai pas l'intention de te tuer.

—Allons, Gaelan. Fais-moi quand même l'honneur d'être sincère. Je connais Gwinvere. Je ne le prends pas comme quelque chose de personnel.

Elle a le dos au mur. Si tu me laisses rencontrer le Shinga, les autres pisse-culottes…

Il ne termina pas sa phrase. Il haussa les sourcils.

— Tu t'es déjà occupé des autres ?

Gaelan hocha la tête.

Ben cracha un juron.

— Même Jade et Saron ?

— Ça n'a pas été une partie de plaisir.

Ben laissa échapper un petit sifflement. Un serviteur approcha en croyant qu'on l'appelait.

— Euh, deux bières, dit Ben. (L'homme s'éloigna.) Gaelan, si tu ne me tues pas, le Shinga m'ordonnera de *te* tuer. Tu ne feras que repousser le problème d'un jour ou deux. Ensuite, il enverra les cogneurs et les apprentis pisse-culottes après toi.

— Je t'ai menti à propos de ce symbole taillé sur ta poitrine, dit Gaelan. Je l'ai déjà vu. C'est un pictogramme. Il signifie « tête fendue ». « Abruti ». « Crétin ».

Le visage de Ben s'assombrit. Instinctivement, ses doigts se tendirent vers le paquet contenant ses armes. Puis il laissa échapper un petit rire triste.

— J'étais sûr que tu mentais, la dernière fois, quand tu m'as répondu que tu ne l'avais jamais vu. Par les couilles des Anges de la Nuit ! *Abruti*. Et dire que je me suis acharné à démontrer que c'était vrai en gravant et en regravant cette saloperie sur ma poitrine pendant presque quinze ans. Pas étonnant que les villageois friakiens n'aient pas voulu m'apprendre ce que ça signifiait. Et toi, tu es vraiment un sale connard pour m'avoir révélé la vérité.

Gaelan hocha la tête comme pour approuver. Il but une gorgée de bière.

— Et puis j'ai trouvé ça, dit-il.

Il posa un pendentif sur la table. Il avait été fabriqué avec deux clous de fer à cheval. Le premier avait été tordu pour former un cercle, le second le traversait de part en part. Le pendentif que Ben avait perdu alors qu'il n'était qu'un enfant. Le pendentif qu'on lui avait arraché avant de l'envoyer combattre aux jeux de la Mort.

Le pisse-culotte laissa échapper un petit ricanement, comme pour dire : « Et tu veux que je te croie ? Je t'ai raconté à quoi il ressemblait. » Puis, le mépris amusé fit place au doute. Ben prit le pendentif avant de le tourner et de le retourner dans tous les sens. Il examina les rayures et les marques qui avaient entamé le fer. Elles correspondaient à celles de ses souvenirs vieux de plus de dix ans. Il leva soudain les yeux. Quand il prit la parole, sa voix exprimait un mélange de stupéfaction, de crainte et de respect.

— Comment as-tu fait pour…

Gaelan saisit la chaînette et leva le bras. Le pendentif quitta les mains flasques de Ben pour se balancer au-dessus de la table. Son poids le fit basculer.

Au lieu d'être perforé par le haut, le cercle l'était désormais par le bas.

— Tu n'étais qu'un enfant, Ben, et tu t'es trompé en recréant ce symbole. Présenté *ainsi*, il peut se traduire par « cœur fendu », c'est-à-dire « celui ou celle qui occupe la moitié de mon cœur ». Il signifie « être aimé », « celui qu'on préfère ». C'est la plus belle chose qu'un chef de guerre gorathi puisse offrir à son premier-né.

Il tendit le pendentif au pisse-culotte qui avait les yeux écarquillés.

Ben l'accrocha autour de son cou avant de vider son verre de bière en jurant tout bas. Puis il prit le pendentif dans sa main. Il le garda ainsi, à l'envers. C'était comme cela qu'il l'avait vu pour la dernière fois quand il était enfant, quand on le lui avait arraché. Il gloussa, ravi.

— Tu es vraiment un type bizarre, Gaelan.

-Je suis étonné que tu n'aies pas enduit ce bijou de poison. Chaque fois que tu me désespères et que j'ai envie de te laisser choir, Acaelus, il faut que tu fasses ce genre de numéro.-

— J'ai appris le livre que tu m'as donné par cœur, dit Gaelan.

— Quel livre ? Le livre sur les poisons ? Comment aurais-tu pu retenir tout ça ? Comment aurais-tu eu le temps de le… Oh, putain de merde ! (Ben regarda sa chope vide.) Espèce d'enculé. Tu as prêté serment ! *Arutayro*…

— Je ne l'ai pas violé. J'ai utilisé un poison qui n'est pas mortel. Il va juste t'assommer pendant un moment. En un sens, je respecte parfaitement *arutayro* puisque maintenant, je n'ai plus besoin de te tuer.

Ben vacilla sur sa chaise.

— Comment ? Comment as-tu fait ?

— J'ai soudoyé un type à la cuisine pour qu'il nous drogue tous les deux. J'ai préparé le poison afin qu'il soit plus lourd que la bière et il ne s'est donc répandu qu'au fond des verres.

— Mais, et si je n'avais pas terminé ma bière…

— Tu termines toujours ta bière, Ben.

Le pisse-culotte cligna des yeux avec lenteur. Il avait posé les deux coudes sur la table pour ne pas tomber de sa chaise.

— Mais si tu ne me tues pas…

Gaelan posa une pile de pièces devant lui avant d'adresser un signe du menton au serveur.

— Il va falloir que je tue le Shinga. Je sais.

Ben s'effondra et sa tête heurta la table.

Torse nu, Gaelan Feu du Ciel préparait ses armes. À l'autre bout de la pièce, Gwinvere s'habillait.

Il porta une fine tunique grise chinée de noir à sa poitrine. Il s'observa dans le miroir. Il choisit finalement une tunique noire chinée de gris.

Elle porta une robe écarlate à sa poitrine. Elle s'observa dans le miroir. Elle choisit finalement une robe bleu saphir coupée court.

Il attacha une paire de couteaux de lancer sur sa cuisse musclée.

Elle remonta un bas en soie sur sa cuisse galbée.

Il enfila un harnais d'armes et le noua autour de sa poitrine.

Elle inspira un grand coup tandis qu'une servante serrait son corset.

Il accrocha un masque autour de son cou.

Elle attacha un collier de joyaux autour du sien.

Il glissa un couteau dans un étui fixé à son avant-bras.

Elle vaporisa un peu de parfum à son poignet.

Il la regarda dans son miroir et il s'aperçut qu'elle le regardait dans le sien. Il était un Ange de la Mort. Elle était une déesse.

Il s'inclina devant son reflet.

— Bonne chance pour ce soir, ma dame.

Elle lui fit la révérence, le visage grave.

— Bonne chance à vous, maître Feu du Ciel.

Elle n'avait pas dit « mon seigneur », et c'était à dessein.

Il sortit par la fenêtre.

Gaelan bondit par-dessus une ruelle et atterrit au sommet d'une auberge en ruine. Il avança le long d'une poutre étroite comme un acrobate, sauta et se réceptionna sur un toit en terrasse, dix mètres plus bas.

— Je suis Sa'kagué, un seigneur des ombres. Je revendique les ombres qui échappent à l'Ombre.

Un coup de tonnerre assourdissant résonna au-dessus de la ville et la pluie se mit à tomber. Un véritable déluge.

— Je suis le bras armé du Jugement. Je suis celui qui arpente l'obscurité. Je suis la balance de la Justice. Je suis Celui qui Garde sans Être Vu. Je suis l'Assassin de l'Ombre. Je suis l'Anonyme.

Il se posa sur une des rares arches encore debout de l'ancien aqueduc. Il fit quelques pas sur les vénérables pierres qui ruisselaient de pluie, puis il sauta de nouveau.

En contrebas, un coche somptueux tiré par quatre chevaux remontait une rue dans un bruit de ferraille.

— L'impur ne restera pas impuni.

Il atterrit sur un toit en chaume pourri qui commença à s'effondrer sous son poids. Il dut remonter précipitamment à quatre pattes pour ne pas tomber.

— Ma tâche est rude, mais je la remplirai sans faillir. La noblesse dans l'ignominie, l'honneur dans la honte et la lumière dans les ténèbres. Je rendrai Justice et j'aurai Pitié.

Le passager du coche était un membre des Neuf, le Maître des Pièces du Sa'kagué de Cénaria. Le comte Rimbold Drake était un jeune homme brillant, perspicace, mais dénué d'ambition. Il avait atteint les sommets de la hiérarchie du Sa'kagué grâce à ses seules compétences. Selon Gwinvere, il se fichait de savoir qui était le Shinga. Ce soir, c'était donc la pitié qui s'exprimerait.

Gaelan bondit au moment où le coche passait en contrebas. Il se retourna en l'air et lança un couteau à une vitesse surnaturelle.

La lame transperça le toit du véhicule pour se planter dans la banquette, juste entre les jambes du passager.

Bouche bée, le comte contempla le trou dégoulinant de pluie dans le plafond du coche. La dague était fichée à trois centimètres de son entrejambe. Un bout de papier était enroulé autour du manche.

Le comte l'attrapa et le déplia. Le message avait été rédigé d'une écriture serrée et inclinée. « Je n'ai pas raté ma cible. »

Gaelan observa les gardes qui surveillaient une entrée de la chambre des Neuf. Il connaissait au moins six points d'accès, mais celui-ci était le plus direct.

Trois hommes étaient de simples cogneurs, des brutes dont le rôle se limitait à arrêter les personnes qui se trompaient de chemin, mais qui n'en demeuraient pas moins de redoutables combattants.

Me serviras-tu pour accomplir cette tâche ?

Gaelan invoqua les ombres autour de lui, puis il avança le long du toit en chaume en restant aussi discret que possible.

~Ce n'est pas une femme de bien. Tu as dû t'en rendre compte.~

Trois archers plissaient les yeux pour surveiller les alentours malgré la pluie battante. Ils faisaient de leur mieux pour protéger la corde de leurs arcs avec leurs capes.

En effet, mais elle n'est pas la pire.

Deux guetteurs étaient postés sur des balcons. Le premier observait la rue, le second les toits.

~Donner le pouvoir au malveillant pour lutter contre le malfaisant. C'est une philosophie digne du diable.~

Gaelan atteignit l'extrémité du toit. Deux autres cogneurs se trouvaient juste en dessous de lui.

Je suis le diable.

~C'est à toi que Jorsin Alkestes a fait prêter le serment du Sa'kagué, Acaelus. Tu serais donc en droit d'en prendre le commandement.~

Je préfère laisser le commandement aux idéalistes et aux arrogants.

Il valait mieux entrer sans tuer personne, mais il était incapable de réaliser un tel exploit seul. Il avait besoin de l'aide du ka'kari.

-Très bien, Acaelus. Je te servirai.-

L'orbe se rassembla dans sa main. Gaelan le serra et le sentit couvrir son corps tout entier. Il se laissa tomber dans la ruelle.

Il n'était pas tout à fait invisible. Les gouttes d'eau glissaient sur lui en formant une étrange distorsion. Mais la pluie s'engouffrait par bourrasques irrégulières entre les bâtiments branlants, dans le passage froid, humide et étroit.

Par malheur, un coup de vent l'enveloppa au moment où il se faufilait entre le mur et un cogneur portant une torche.

— Herrick, t'as pas vu quelque chose par là ? demanda l'homme à un de ses camarades.

— Non. Tu vas jeter un coup d'œil ?

Le cogneur déglutit, mal à l'aise, mais il avança vers l'endroit suspect.

Gaelan était déjà passé. Il approcha de la porte. Des tas d'ordures étaient entassés devant afin de la dissimuler. Mais elle s'ouvrait vers l'intérieur, et cela ne posait donc aucun problème. Gaelan lança un sortilège sur les gonds pour étouffer les grincements. Il jeta un dernier regard vers les gardes.

Quand il fut certain que personne ne regardait dans sa direction, il poussa la porte et entra.

Il arriva dans une petite pièce. Dans le mur, un passage secret était ouvert. Derrière apparaissait un puits carré avec une échelle de pierre. Gaelan descendit avec prudence.

Il était presque en bas quand quelqu'un se mit à grimper avec une torche. L'individu était aussi agile qu'un singe. Il n'avait qu'une main de libre, mais il montait à une vitesse étonnante.

Gaelan sauta et se plaqua contre la paroi d'en face. Il écarta les jambes et les bras pour prendre appui. Il ne servait pas à grand-chose d'être invisible si quelqu'un vous rentrait dedans.

L'inconnu s'arrêta presque à sa hauteur. Il changea la torche de main et la flamme passa à quelques centimètres du visage de Gaelan.

Mais le ka'kari, fidèle à sa parole et à sa nature, dévora la lumière et la chaleur pour alimenter sa propre magie. Gaelan se sentit encore plus fort.

Le grimpeur poursuivit son chemin et l'immortel se laissa glisser jusqu'en bas du puits. Invisible, il pénétra dans la chambre des Neuf.

La salle souterraine était tout à la fois horrible et merveilleuse, le vestige d'une époque oubliée. Elle avait été taillée dans une roche d'un noir brillant qui formait des angles nets et tranchants. Elle était circulaire, avec un plafond si haut qu'il disparaissait dans les ténèbres. Les personnes qui s'y trouvaient avaient l'impression de contempler les profondeurs insondables d'un gouffre. Un bestiaire répugnant était gravé sur le sol, les murs, et même les chaises et les tables en pierre. Des rats, des serpents, des hydres, des araignées, des chiens difformes, des squelettes… Les différentes entrées étaient bien dissimulées. Les sièges des Neuf se tenaient sur une estrade en forme de croissant. Se dressait également une sorte de trône réservé au Shinga. Il n'y avait pas d'autre lumière que celle provenant d'une rigole taillée dans la roche et remplie d'huile enflammée. L'éclairage avait été étudié de manière que les maîtres du Sa'kagué restent dans l'ombre.

Ils avaient rejeté leur capuche en arrière. Certains, comme Gwinvere, s'étaient débarrassés de leur cape. La beauté de la courtisane était une épée tout autant qu'une armure.

« Tu n'assistes jamais à tout le spectacle, lui avait confié Caleu le Balafré. Quand tu es un pisse-culotte, tu arrives seulement à la fin. »

Un homme grand et obèse avait pris la parole.

— Le fait est là, disait-il. Je pense que nous devons nous méfier du jeune seigneur Gyre, Régnus. Je ne crois pas que nous puissions le maîtriser.

Un colosse se redressa. Il était couvert de cicatrices et son nez était écrasé. Il s'agissait sans doute de Pon Dradin, le Maître des Cogneurs.

— Je pense que nous avons tout intérêt à continuer de soutenir Bran Wesseros, dit-il. Si…

— Il raisonne trop comme un militaire. Les Gunder, en revanche…

— Sont des imbéciles, intervint l'obèse. Jusqu'au dernier.

— Où est Caleu le Balafré ? Je croyais qu'il devait nous faire son rapport, dit un petit homme au profil de rapace.

— Assez ! fit le Shinga en se levant. Ma décision est prise.

La lame tranchante du ka'kari le décapita.

La tête tomba et roula sur la table. Le corps s'effondra un instant plus tard.

Neuf paires d'yeux s'écarquillèrent. Pendant un moment, les maîtres du Sa'kagué restèrent muets de stupéfaction. Puis la lumière disparut et l'obscurité s'installa.

Gaelan bondit. Plusieurs hommes crièrent, mais la chambre des Neuf était protégée contre les espions et aucun bruit ne pouvait être entendu depuis l'extérieur. Six personnes se ressaisirent et voulurent donner l'alarme. Mais les cordes accrochées aux cloches avaient été coupées.

Gaelan ouvrit l'arrivée d'huile et attendit que le liquide épais se répande tout autour de la caverne. Puis il fit apparaître une étincelle. La lumière envahit la salle avec une soudaineté stupéfiante.

Il se tenait au centre de la pièce, bras croisés et tête baissée. Le ka'kari l'enveloppait comme une seconde peau. Il se redressa et ouvrit les paupières. D'un mouvement d'épaule, il se débarrassa de sa cape.

L'Ange de la Nuit était l'incarnation du Jugement. Imposant, sourcils froncés, yeux plissés. Sa figure était impénétrable. Ses lèvres étaient serrées, sa peau était parfaitement lisse. Il n'avait rien d'humain. Il était impitoyable. L'obscurité ondulait autour de lui comme s'il était un brasier de flammes noires.

Les Neuf réagirent différemment à la surprise et à la peur. L'un d'eux se cacha sous la table en osant à peine regarder ce qui se passait autour de lui. Pon Dradin, le Maître des Cogneurs, contracta ses énormes poings, prêt à se battre. Le comte Drake resta assis, les mains jointes, l'air pensif.

Les prunelles de Gwinvere brillaient de colère.

— *Je* suis Sa'kagué, lança Gaelan. Il est grand temps qu'un nouveau Shinga prenne le pouvoir. Des questions ?

Il se dirigea vers Gwinvere. La courtisane était persuadée qu'il allait la tuer, qu'il avait l'intention de devenir Shinga. Il le lisait dans ses yeux, sur son visage brave, hautain et furieux.

— Gwinvere Kirena, dit-il. Shinga Kirena.

Il s'inclina devant elle.

Le comte Drake fut le premier à réagir. Il imita Gaelan un instant plus tard.

Pon Dradin fit un pas en avant.

— Plutôt crever que…

Gaelan franchit la distance qui les séparait en une fraction de seconde et il frappa le poing levé de Pon. Le coup fut si violent que tous les os volèrent en éclats.

— Non, dit Gwinvere tandis que le colosse reculait en tenant sa main brisée.

Elle revenait déjà de sa surprise. Elle avait déjà un plan.

— Non, Pon. Je préférerais que tu ne crèves pas. J'ai besoin de toi.

Deux cogneurs abasourdis emportèrent le corps de l'ancien Shinga. Un troisième récupéra sa tête. Les Neuf observaient l'ombre à peine visible qui se tenait au centre de la salle. Ils étaient inquiets.

Ils partirent aussi discrètement que possible, en fermant eux-mêmes la porte. Il ne resta bientôt plus que Gaelan et Gwinvere.

La courtisane, qui avait récupéré sa cape, rejeta sa capuche en arrière.

— Mais où es-tu, putain de merde ? s'écria-t-elle. (La silhouette de Gaelan frissonna tandis qu'il redevenait visible.) Espèce de connard ! Je n'avais pas besoin que tu m'offres le trône de l'ombre ! Il suffisait d'attendre un jour pour que la dernière phase de mon plan…

— Je ne l'ai pas fait pour toi, dit Gaelan.

— Quoi ? gronda Gwinvere.

— J'avais besoin de te montrer que je ne suis pas une menace pour toi.

— Et tu as donc décidé de décapiter mon prédécesseur ? Bordel ! Bien sûr ! Comment imaginer meilleur moyen de me rassurer ?

Gaelan attendit qu'elle se calme, imperturbable.

— Je ne veux pas être Shinga. J'aurais pu le devenir ce soir. Tu le sais. Et j'avais besoin que tu saches que je m'en étais rendu compte. Ce travail – travailler pour toi – me convient. Je veux rester, mais tu représentais un terrible danger. Maintenant, tu sais que je suis une arme, pas une menace. Tu n'as rien qui puisse m'intéresser.

Les yeux de Gwinvere étaient durs et froids. Puis un sourire éclaira soudain ses traits.

— Est-ce que tu en es bien sûr ? demanda-t-elle.

Gaelan haussa un sourcil. Il avait envie du corps de cette femme, certes. Était-il nécessaire de le mentionner ? C'était tellement évident. Trop évident pour la subtile Gwinvere Kirena.

— Je l'ai trouvé, Gaelan, dit la courtisane. J'ai trouvé l'endroit où se cache l'homme qui a tué ta famille.

— C'est pour cette raison que je me suis retrouvé à Château Shayon, dis-je.

— C'est le baron Rikku qui avait fait pendre votre femme et votre fille ? s'enquiert Yvor.

Je regarde le rouquin d'un air glacé.

Merde, il y a donc quelques contradictions dans mon histoire. Je suis pourtant un excellent menteur, d'habitude.

— Désolé, bafouilla le jeune homme en déglutissant.

C'est la première fois que j'accorde un tel entretien à un membre de la confrérie. Yvor ne tient pas à commettre la moindre erreur. Si mes propos ne s'enchaînent pas à la perfection, il cherchera à comprendre plus tard. Il a peur de moi, mais il est ambitieux. Il est ambitieux et il ne se concentre pas sur ce qui est important.

— Est-ce… est-ce que je peux le voir ?

Je l'observe avec froideur.

Il lève les mains comme pour se rendre.

— Je ne vous demande pas de le toucher, de le prendre ni quelque chose comme ça. Je… voudrais juste le voir.

Je pose une boule de platine sur la table. Une boule polie, brillante, et couverte de runes longues et fines. Je la fais rouler du bout du doigt. Chaque rune se remplit d'un minuscule filet de feu bleuté. Puis je l'attrape et je la fais disparaître à l'intérieur de ma paume.

Yvor a les yeux écarquillés.

— Seigneur Arikus Daadrul. Le porteur du globe des Tranchants en personne. Monsieur, c'est un honneur de vous rencontrer.

— Hmmm.

— Comment avez-vous fusionné avec lui ?

Il a posé cette question comme s'il me demandait des nouvelles du temps.

— Avec mon sang, un sentiment d'urgence, et l'élément du ka'kari.

Je lui ai répondu comme si je lui expliquais que les températures étaient un peu basses pour la saison.

— L'élément du ka'kari ? Comment cela s'est-il passé avec celui d'argent ?

— Très simplement. J'ai pris un coup d'épée. Je saignais. J'ai éprouvé un sentiment d'urgence. J'avais une lame en métal dans le corps. Tout en même temps.

Yvor hoche la tête en gravant mes mots dans sa mémoire. Puis il déclare d'une voix dure :

— Je vais devoir vous prier de me donner ce ka'kari, seigneur Daadrul.

— Pourquoi ? Tu as déjà le rouge. (Il cligne des yeux.) Et aucun homme ne peut fusionner avec deux ka'karis.

Yvor Vas reprend la parole. Il cherche peut-être à gagner du temps. Ou à assimiler ce que je lui ai dit.

— C'est pour ma sœur. Elle est en train de mourir. Nous avons… nous avions la même maladie.

J'ai fusionné avec le ka'kari rouge par hasard et j'ai guéri. Je sais que le globe des Tranchants peut la sauver. Vous n'avez pas idée de ce que j'ai dû faire pour être ici aujourd'hui. Des épreuves que j'ai endurées, de ce que ça m'a coûté. Donnez-le-moi. Il est possible que les lames soient incapables de vous faire le moindre mal, monsieur, mais les flammes vous brûleront aussi bien qu'un autre.

— Tu n'as donc pas l'intention de le remettre à Gwinvere ? demandé-je.

Il esquisse une brève grimace.

— Pourquoi le donnerais-je à une putain ?

Sa réponse m'apprend deux choses. D'abord, il connaît Gwinvere. Ensuite, ce n'est pas elle qui l'a envoyé à la recherche du ka'kari. C'est pour avoir confirmation de ce fait que je lui ai raconté mon histoire, dont la plus grande partie est vraie. Gwinvere appartient sans doute à la confrérie de la Deuxième Aube, sinon, comment m'aurait-elle retrouvé ? Il me fallait découvrir si elle était susceptible de me tuer pour récupérer le ka'kari. La plupart des gens sont prêts à tout pour devenir immortels.

— C'est très noble de ta part, dis-je. Je parle d'assassiner quelqu'un afin de sauver ta sœur, bien entendu.

— Je viens d'écouter votre histoire. Je vous trouve vraiment mal placé pour me faire la morale.

~Il n'a pas vraiment tort sur ce point.~

Yvor se lève et presse le ka'kari rouge dans sa main. Une mince pellicule lisse et brillante couvre son corps. Elle consume ses vêtements. Il faudra qu'il travaille sur ce problème.

— Affrontez-moi, reprend-il. Je ne sais pas comment récupérer le ka'kari s'il est en vous au moment de votre mort.

Je me lève. Je vacille. *Les gamins, de nos jours...*

— Tu as empoisonné la bière, dis-je. Tu as empoisonné *la bière* ?

— Ironique, non ?

Je déteste cette putain d'ironie.

Il me lance une boule de feu.

J'invoque le ka'kari noir pour former un bouclier. Il dévore la boule de feu dans un sifflement sourd.

— Ce n'est pas le globe des Tranchants ! s'exclame Yvor.

— Et je ne suis pas Arikus Daadrul.

Avec un geste de prestidigitateur, je fais apparaître cinq petites boules métalliques comme si elles émergeaient de ma chair. Bleue, verte, argentée, blanche, dorée. Elles roulent au hasard sur la table.

— Vous possédez tous les autres ka'karis ? demande Yvor.

Il est terrifié, mais cupide. Il n'a pas encore compris.

— Ce sont des faux, dis-je.

Je les ai fait fabriquer pour ce genre d'occasions. Je sors mon faux ka'kari rouge et je le fais rouler sur la table.

Malgré la tenue de flammes qui couvre sa peau, je lis la peur dans les yeux d'Yvor. Il ne sait plus quoi penser. La confrérie ne connaît l'existence que de six ka'karis, et le pouvoir qu'il m'a vu employer ne correspond à aucun d'entre eux.

— Tu ne m'as pas attiré ici pour t'emparer de mon ka'kari, poursuis-je d'une voix lasse. C'est moi qui t'ai attiré ici pour m'emparer du tien.

Une explosion de flamme.

Je suis projeté en arrière. Je percute le mur qui vole en éclats et j'échoue dans les marécages qui entourent mon repaire. Je savais qu'il risquait d'y avoir un problème avec le feu. C'est pour cette raison que j'ai choisi cet endroit. Inutile qu'un incendie rase le Dédale tout entier, même si cela ne ferait pas une grosse perte. J'ai les pieds enfoncés dans la vase jusqu'aux chevilles.

Le ka'kari noir m'enveloppe tandis qu'Yvor surgit dans l'encadrement de la porte de la maison en flammes. Des boules de feu filent en traçant des sillons fumants et sifflants à la surface du marais. Je les évite, bondis et disparais.

Yvor lance un cône brûlant tout autour de lui.

J'atterris dans son dos avec un bruit humide.

Il se retourne aussitôt et passe à l'attaque.

Les flammes caressent mon torse et avalent la nuit autour de moi. Celles qui me touchent sont absorbées. Le ka'kari dévore le feu magique en brillant d'une intense lueur bleue à chaque articulation et à chaque pli de mon corps.

Je plante deux dagues dans la poitrine d'Yvor.

Le torrent de flammes faiblit, puis se tarit. Son ka'kari tombe dans la boue, le laissant nu. Il s'effondrerait sans doute si je lâchais mes dagues. Il me regarde dans les yeux.

— J'aurais dû…

Il meurt.

Je laisse son corps glisser le long des lames et s'enfoncer dans le marais. Je me baisse, et je ramasse le ka'kari rouge et brûlant qui siffle au contact de la vase.

Il n'y a pas de mots.

Il n'y a pas de lumière.

Il y a sept cents ans, un grand incendie ravagea Trayethell. Une lumière si intense qu'elle transforma les hommes en piliers de cendres à des lieues à la ronde. C'était l'œuvre de Jorsin Alkestes, un fou, un messie, un roi. La guerre était perdue bien avant que le combat commence, mais il se battit comme un fauve, en riant, en brillant comme un soleil. C'était un être tellement exceptionnel qu'il avait attiré les plus grands hommes et les plus célèbres femmes de son époque comme une bougie attire les papillons. Et comme des papillons attirés par une bougie, les plus grands hommes et les plus célèbres femmes de son époque se brûlèrent les ailes à son contact.

Le dernier jour, Jorsin Alkestes, assassin et ami, prit Curoch d'une main et Iures de l'autre. Un être moins puissant aurait tremblé à l'idée de toucher un seul de ces artefacts. Pas lui. Avec magnificence, il plia l'Épée de Puissance et le Sceptre de la Loi à sa volonté.

Tandis que les kruls, ces créatures non-humaines, envahissaient les ultimes lignes de défense et se répandaient dans les rues en massacrant les femmes armées de bâtons et les enfants qui leur jetaient des cailloux, un homme s'enfuit. Un homme qui n'avait jamais tourné le dos à l'adversaire de toute sa vie. Acaelus Gassant se retira de la bataille, en emportant un trésor dont il ne voulait pas. Il en avait reçu l'ordre. Il s'éclipsa comme un pleutre. Il courut pour échapper aux kruls qui le poursuivaient. À l'entrée du col des montagnes de Fasmeru, il passa devant des cadavres, des rebuts de l'humanité et des lâches. Il se retourna alors pour regarder en arrière. Les kruls formaient une immense vague noire qui submergeait la cité en flammes.

Une lumière apparut au plus haut balcon du château. Des éclairs jaillirent de cent endroits différents. Les narokghuls en vol s'abattirent en une pluie fumante et sanguinolente. Des nuages noirs couvrirent le ciel en un instant, comme guidés par la main de géants. La lumière devint aveuglante. Acaelus croisa un groupe de déserteurs en titubant. Ils étaient appuyés contre la paroi en granit à l'entrée du col. Ils reprenaient leur souffle. Ils étaient sans armes et maculés de sang. Leurs yeux étaient sombres. Des yeux d'hommes brisés et honteux. Mais à cet instant, ils brillaient d'un éclat intense. Ceux qui avaient courbé l'échine se redressèrent.

Les titans se précipitèrent vers le château en écrasant des maisons hautes de deux étages. Les éclats de pierre se transformèrent en nuage de poussière dansant à la lumière du soleil levant. Le sol se souleva. Une fois. L'onde de choc projeta tout le monde à terre : hommes, kruls, titans et cent autres espèces de créatures. Acaelus tomba également. Les chiens gémirent. La terre elle-même semblait jeter ses forces dans la bataille et déléguer sa puissance à Jorsin Alkestes.

Puis, alors que monstres et humains se relevaient, tout fut anéanti. La lumière devint insoutenable. Une lumière dévorante. Une lumière qui fit bouillir le fleuve de sang. Une lumière purificatrice. Une lumière rugissante.

Un vent puissant envahit la vague aveuglante. Acaelus eut l'impression que son corps était en feu et que ses veines charriaient de la lave. Le temps vola en éclats et les fragments se dispersèrent. Acaelus revint à lui et la première chose qu'il vit, ce fut sa peau. Elle était lisse, d'un noir parfait, comme s'il avait été plongé dans du goudron.

Il se leva. Il avait l'étrange sensation d'être entier, complet, et doté d'une puissance inconcevable. Des piliers de cendres se dressaient autour de lui, les vestiges de ce qui avait été des hommes. Les vents hurlants les dispersaient déjà. Contre la paroi de granit, des ombres avaient été gravées par la lumière. Les fantômes de ceux qui avaient été vaporisés. Elles étaient floues, délavées, décolorées par le flot éblouissant qui avait survécu à ceux qui l'avaient invoqué. Mais l'une d'elles était différente. Elle se dressait d'un air rebelle, un poing brandi. Son contour était parfait, net. L'ombre d'Acaelus. L'homme qui avait fait face à ce torrent de flammes.

La peau noire se retira à l'intérieur de son corps, de son propre chef. Elle le laissa nu. Ses vêtements et même son armure avaient brûlé.

Acaelus contempla un désert qui s'étendait sur des lieues. Plus rien ne bougeait, sinon sous la caresse du vent. La Mort s'était installée sur le trône de Jorsin. Un gigantesque dôme noir et luisant recouvrait désormais l'endroit où Trayethell s'était dressée.

-Acaelus, tu pleureras plus tard. Ta tâche n'est pas achevée.-

La voix avait résonné à l'intérieur de sa tête. *Le ka'kari noir.* Il l'avait sauvé. Le cadeau secret de Jorsin Alkestes, l'empereur qui avait ordonné à l'impétueux Acaelus Gassant de prendre la fuite et de continuer à vivre.

Mais Jorsin n'avait pas précisé qu'Acaelus vivrait éternellement.

« Je reviendrai te le prendre », avait-il promis avec son sourire malicieux, quand il lui avait confié l'orbe. *Le menteur.* Il était pâle et épuisé, mais ses yeux brillaient d'une intensité fiévreuse. Il avait passé les derniers jours à se battre et les dernières nuits en compagnie de l'archimage Ezra. Les deux hommes avaient fabriqué… quelque chose. Jorsin ne dormait plus. Il travaillait à l'élaboration d'un salut de dernière minute. Un salut qui, Acaelus le comprit peu à peu, ne viendrait jamais.

Jorsin Alkestes : empereur, génie, archimage, tyran. Jorsin Alkestes était une flamme si brillante que les ombres qu'il laissait derrière lui perduraient pendant des siècles. Les silhouettes brûlées sur les parois de granit et une ombre parfaite qui se dressait parmi elles. Une ombre qui marchait et qui respirait. Une ombre aussi vacillante que les fantômes nés de la lueur d'une bougie, aussi changeante que les promesses d'un roi. Une ombre qui dévorait la vie et la lumière.

La lumière existe, mais une ombre imprécise finit par n'être qu'obscurité. Et la lumière avait trop longtemps rejeté l'homme qu'avait été Acaelus. Il n'était plus qu'un petit nuage de fumée éthéré qui s'effilochait peu à peu. Il sombrait dans des ténèbres sans nuances.

Et si la lumière elle-même n'avait jamais été qu'un mensonge ?

Le mont Tenji est le plus haut sommet de Ceura. Quand j'étais enfant, les gens y montaient en pèlerinage, mais cette tradition s'est interrompue il y a des siècles à cause du froid. Tenji est un volcan, mais il n'est pas entré en éruption depuis plus de cent ans. Il laisse parfois échapper quelques nuages de fumée.

Je parviens au bord du cratère après six jours d'ascension. Je suis enveloppé par plusieurs couches de vêtements. Un vent chargé de neige souffle tout autour de moi.

Tu sers à beaucoup de choses, pensé-je à l'intention du ka'kari. *Mais pas à me tenir chaud.*

-Tu as omis une partie du serment du Sa'kagué l'autre jour.-

Ah. Tu as remarqué, hein ?

-« Je ne connaîtrai pas un instant de repos en attendant le retour du roi. »-

Je m'arrête.

Jorsin Alkestes est mort. Il ne reviendra pas.

-Trouve les ka'karis. Rassemble-les. Il est temps.-

Impossible.

-Impossible ? Pour toi ?-

Et si je réussissais ? Et si je finissais par posséder une infime fraction du pouvoir de Jorsin Alkestes ? Et si je devenais invincible ? Il était mon roi, mais je me demande s'il n'avait pas sombré dans la folie à la fin.

Le ka'kari ne répond pas. Il me connaît assez bien pour sentir les moments où j'ai besoin de ressasser en paix.

Une seule question se pose : est-ce que nos actions quotidiennes ont un sens ? Jadis, Acaelus pensait qu'il avait un but. Pendant des siècles, il avait eu foi en Jorsin Alkestes. Un roi mort depuis longtemps. Un fou qui avait juré de revenir, même d'entre les morts. Un fou qui avait semé la folie dans son sillage.

Acaelus lui avait tout donné. Il en avait assez de donner. Il en avait assez de croire. Il en avait assez. Il avait atteint ses limites. C'était terminé.

-Il t'aimait, tu sais. Plus que tous les autres. Est-ce que tu fais confiance à ton vieil ami ?-

Pendant un moment, je reste debout au sommet du pic balayé par le vent.

— Pas assez pour devenir un dieu.

Je jette le ka'kari rouge dans le cratère.

Je fixe les schlusses à mes pieds et je commence à descendre à une folle allure. D'ordinaire, la vitesse et le danger me remplissent d'une joie féroce, mais aujourd'hui, je ne suis qu'une coquille vide. Je suis comme les grands séquoias de Torras Bend : les feuilles sont encore vertes, mais le cœur est rongé par la pourriture. Comme eux, j'attends. J'attends l'arrivée de la tempête qui mettra un terme à toute cette histoire. À une vie de mensonges. Je me sens plus seul que je ne l'ai jamais été.

Le volcan ne détruira pas le ka'kari rouge – enfin, je ne le crois pas. Mais il le gardera à l'abri des convoitises. Même si l'artefact reste accroché quelque part dans la cheminée, personne ne pourra le récupérer dans une telle fournaise. Et s'il descend jusqu'au magma, il s'imprégnera de tout le pouvoir qu'il peut contenir – un pouvoir phénoménal – avant de le libérer. Encore et encore.

Je suis à mi-hauteur du mont Tenji lorsque le sommet explose.

On dirait que le ka'kari a atteint le magma.

Je tourne le dos au volcan comme j'ai tourné le dos à mon roi. Le feu me pourchasse, mais comment pourrait-il menacer le néant ? Le néant n'a rien à perdre. Le néant ne connaît pas la peur.

L'Anonyme travaille sur un nouveau visage dans le miroir de Gwinvere. Il est important qu'il le fasse ici, devant elle, pour qu'elle puisse le reconnaître quand il aura terminé. Mais la magie corporelle est sacrément douloureuse, et il n'a pas envie de lui montrer sa souffrance. Il boit un peu plus. Il est ivre, pourtant il faut des quantités d'alcool prodigieuses pour le soûler. Le ka'kari noir neutralise les poisons, en grande partie. Un pouvoir qu'Yvor aurait mieux fait de connaître.

— Tu n'es pas aussi beau que l'était Gaelan, dit enfin la courtisane en observant ses joues grêlées, sa fine barbe et ses cheveux blonds.

Elle n'est pas contente de le voir ivre, mais au moins, elle ne semble pas effrayée par ses pouvoirs.

— C'était mon premier visage. Mon véritable visage, pourrait-on dire, à supposer que cela signifie quelque chose pour moi.

Le visage d'Acaelus Gassant. Un choix saugrenu, et peut-être dangereux, mais une ombre se doit de ressembler un peu à la forme qui l'a créée.

— Ce ne serait pas mal sans les joues grêlées. Avec ces marques de variole, je trouve l'ensemble un peu sinistre.

Il pousse un grognement. Ce ne sont pas des marques de variole, mais des cicatrices laissées par une projection de sang acide, le sang d'un monstre tué au cours de l'ultime bataille. Juste avant la mort de Jorsin Alkestes. Juste avant la chute de Trayethell. Les mages de l'époque ont été incapables de les effacer. Et aujourd'hui, il n'a pas envie de perdre le dernier souvenir qui le rattache à un homme qui a peut-être été son ami.

En bas de l'escalier, il entend de jeunes enfants crier et jouer. Des enfants de la rue, des rats de guilde, les nés esclaves qui n'ont nul endroit où aller. Gwinvere les laisse parfois entrer. Ils l'appellent « Mamma K ». En ce moment même, ces pauvres gamins se disputent. Ce n'est pas vraiment le comportement qu'on espère de la part d'invités, mais c'est souvent la seule récompense qu'on obtient lorsqu'on fait preuve de gentillesse envers des êtres incapables de vous la rendre.

— Le capitaine de la garde a signalé que tu étais mort, sans citer ton nom. Tous ceux qui chercheront à fouiner comprendront que Gaelan Feu du Ciel a péri dans un incendie du Dédale. Plusieurs rumeurs affirmeront qu'il s'était opposé à l'ancien Shinga. Mort depuis. La piste s'arrêtera là. Définitivement.

— Très bien, dit le néant anonyme.

— Alors, quel sera ton nouveau nom ? s'enquiert Gwinvere.

— Durzo, souffle-t-il dans la carafe qu'il porte à ses lèvres pour boire un peu plus de vin. Durzo Flint.

Il choisissait souvent des noms qui avaient une signification. Il semble d'ailleurs que ce soit une tradition pour bon nombre de pisse-culottes. En jaérien ancien, flint signifie « aiguisé, dangereux, friable ». Cela lui convient très bien.

— Durzo Blint ? demande Gwinvere qui a mal entendu.

Blint évoque quelque chose d'émoussé. De Flint à Blint. Du tranchant au contondant. Un mélange violent et paradoxal. Ou peut-être juste violent. Un passage du sens à l'absence de sens. Voilà qui semble approprié. Il se rappelle soudain la prophétie de Polus Merit. Polus avait dit Blint, lui aussi, non ?

— Oui, c'est ça, dit-il. Durzo Blint.

Il boit une gorgée de vin.

À ta santé, Polus Merit. Espèce de gros emmerdeur.

— Eh bien, *Durzo*, j'ai un travail pour toi, dit Gwinvere. Quelqu'un doit disparaître.

Gwinvere Kirena est la force incarnée. Son corps est parfait. Elle n'a pas la moindre faiblesse, le moindre défaut, et de ce fait, elle est stérile et impénétrable. Quand il la regarde, il voit une femme qui ne sera jamais prise au dépourvu. Elle ne sera jamais pendue, ni étranglée, ni égorgée, ni battue à mort. Elle est trop forte pour cela, trop intelligente.

Gwinvere n'a pas besoin de lui, alors il ne peut pas lui faire défaut. Elle offre la froide sécurité d'un abri quand il pleut, pas le confort trompeur d'un château en pierre qui va s'effondrer sur vous et vous réduire à néant. Elle lui tend un bout de papier.

Gwinvere aime les enfants. C'est curieux. Il lui reste un fragment d'humanité.

C'est mon destin. C'est ce que je mérite. Des bouts, des fragments…

Il ne lit pas ce qui est écrit. Il ne la quitte pas des yeux et elle ne le quitte pas des yeux. Il se fiche du nom de sa future victime. Il se fiche de savoir ce qu'elle a fait pour encourir la mort.

— Je m'en occupe, dit-il.

Glossaire

Laerin, c'est toujours insuffisant, même si c'est mieux que la première version qui était particulièrement mauvaise. Jetez un coup d'œil à mes notes de marge. TOUTES les révisions doivent être faites avant que vous me renvoyiez le document. Je serai intransigeant sur ce point.

Jor Baaden, chancelier

~~THESAURUS~~ GLOSSAIRE

Compilé à l'intention du roi Arelun Braag lors de la douzième Anno Braag (mille sept cent quarante-deux Anno Jorsini)

Par D. Laerin Votagsmere de l'Or Érudit en chef, D.Kn., J.Sc

Une brève remarque à propos des langues de Midcyru et de ce thesaurus

~~Ainsi que Sa Majesté l'a remarqué avec finesse, les courtes remarques que j'ai rédigées pour d'autres compendiums contiennent entre dix et quinze mille mots. Aussi, je serai bref.~~ Ce thesaurus est conçu en tant que référence aux pages précédentes, et non comme un mémoire

Seize mille, dix-huit mille, vingt-deux mille et vingt-quatre mille mots, en fait. Eh oui ! Je les ai comptés !

Je suppose que cela n'a rien à voir avec le fait que le roi vous oblige à payer la préface ?

indépendant. En conséquence, votre humble serviteur, D. Laerin Votagsmere de l'Or, D.Kn J.Sc., a défini les termes et les concepts ci-inclus tels que les contemporains des personnages de cette histoire les envisageaient (vers 670-680 A.J.), et non pas comme nous le faisons aujourd'hui, plus de mille ans après.

Je vous prie, Majesté, de bien vouloir remarquer qu'apparaissent de nombreuses divergences textuelles au sein de l'œuvre. Ces divergences nous font comprendre qu'il serait malavisé de la considérer comme un récit historique tel que nous le définissons aujourd'hui. (Par exemple : Kylar rencontre le Loup dans un monde étrange. Si aucun des deux n'est le narrateur de cette scène, qui donc a écrit ce passage ? Et si l'un d'entre eux est le narrateur, comment a-t-il pu lire les pensées d'autres personnages dans certains passages ?) Somme toute, cette histoire doit être considérée comme un mélange de faits historiques, de mythologie et de désirs adolescents. ~~(Pourquoi donc les assassins femelles seraient-ils pourvus de poitrines opulentes ? Je ne pense pas qu'il soit nécessaire d'aller plus loin.)~~

Il se trouve que Sa Majesté apprécie fort les poitrines opulentes. Vous vous en êtes sûrement rendu compte au vu de ses maîtresses. À moins que vous ne souhaitiez que cette remarque apparaisse comme une attaque directe contre dame Versetti ?

Malgré notre diligence, ce thesaurus est incomplet, car un financement trop chiche nous a empêchés de procéder à une étude approfondie des recherches précédentes. Si les restrictions de pages ne nous permettent pas de suivre chaque personnage à travers l'histoire, Sa Majesté peut consulter l'ouvrage de référence : *Mutations et Évolutions éthiques, linguistiques et raciales : Midcyru 1 A.J à 704 A.J.* Les douze premiers volumes sont particulièrement instructifs.

L'ouvrage de référence ! Magnifique ! Rappelez-moi donc qui est l'auteur de ce chef-d'œuvre. Oh ! Mais quelle coïncidence ! Il s'agit de D. Laerin Votagsmere ! Pour qui vous prenez-vous ?

ACCORDS ALITAERANS : un ensemble de traités conclus entre Alitaera et le Chantry. À la suite de la signature de ces accords, le Chantry abandonna son pouvoir temporel pour se consacrer à l'éducation, la religion et la magie. Parmi les clauses principales (et les plus violées), on trouve des règles qui interdisaient le mariage d'un mage masculin et d'un mage féminin, ainsi que la promesse que le Chantry ne formerait pas ses majas aux arts magiques de la guerre. Au cours de leur vie, les majas passaient souvent outre à cette dernière règle, ou étudiaient des magies pouvant être détournées de leur fonction originale, comme l'invocation de petites flammes afin d'allumer un feu de camp. Le Chantry veillait à ne pas bafouer les accords trop ouvertement et les majas qui avaient épousé des hommes possédant le Don étaient écartées de tout rôle important au sein de l'organisation. Plus tard, l'interdiction s'étendit également aux hommes.

ALITAERA/ALITAERAN (AL i TAIR a) (~~mais peut également se prononcer AL i TAÉ ra, du fait que le mot vient du jaérien ancien. Pour davantage d'informations sur la manière dont le jaérien ancien a été influencé par les langues hyrilliques pour donner naissance à notre argot, veuillez consulter l'ouvrage fondateur : *De la nature et de la transition des anomalies linguistiques de 1 Anno Jorsini à 682 Anno Jorsini*)~~ : le plus puissant royaume du Sud, dirigé par un conseil composé de ducs et d'un monarque faible. Il avait deux capitales distinctes, la première à l'ouest, la seconde à l'est.

ALKESTIA/LE CYCLE D'ALKESTIA (al KESS ti a) : l'histoire de l'empereur Jorsin Alkestes. Des festivals annuels sont organisés dans de nombreuses cités de Midcyru pour célébrer la mémoire de cet homme. La narration du cycle dans son intégralité prend entre cinq et dix jours.

AMPLIFIAE (en Pli fi A é) : comme il est facile de le deviner, il s'agissait d'un amplificateur de magie. ~~Étant donné qu'un amplifiae fonctionnait aussi bien avec le vir qu'avec le Don, plusieurs érudits de l'époque ont avancé l'hypothèse que la magie, bien qu'elle se manifestât sous des formes différentes selon les cultures, n'était peut-être qu'une force unique.~~

Très intéressant. Supprimé !

Alors Laerin ? Alors on devient courageux ? Cela ne vous va pas du tout. Écrivez plutôt : « L'Ange de la Nuit est le héros de l'histoire. »

ANCIEN JAÉRIEN : voir **JAÉRIEN, ANCIEN.**

ANGE DE LA NUIT : ~~à la demande insistante du chambellan de Sa Majesté, je me suis résolu à retirer ce terme.~~

ANONYME, L' : autre nom donné à l'Ange de la Nuit.

C'est tout, Laerin ? Vous ne pouvez pas faire mieux que cela ? Le roi ne

ARUTAYRO (A ru TAI ro) : « sans effusion de sang ». Une rencontre au

manquera pas de poser des questions à ce sujet. Trouvez quelque chose!

cours de laquelle les deux parties ont juré de ne pas avoir recours à la violence.

BATAILLE DES PLAINES DE JAERAN : pour les besoins de cette compilation, nous dirons qu'il s'agit d'une bataille quasi mythique au cours de laquelle le champion originel Corvaer le Rouge trouva la mort. Son ka'kari fut récupéré par Malak Mok'mazi (Malak Main de Feu).

BERAA (bé RAA) : une des danses khalidoriennes les plus érotiques. Cette danse a contribué à donner aux Khalidoriennes une si mauvaise réputation qu'on affirma par la suite qu'elle avait été inventée par des gens du Sud. En dehors des histoires excitant la fascination exotique pour le Nord, la beraa était une danse plus bouillonnante que la rondaa. La danseuse battait des mains, ondulait des hanches et rejetait ses cheveux en arrière tout en effectuant des pas et des déhanchements complexes identiques à ceux de la rondaa. On raconte que cette danse a déclenché deux guerres et d'innombrables duels. On affirme également que Marian Dayshar a sauvé les membres transis de son expédition dans la région des Glaces en dansant une beraa devant eux. Réchauffés par le spectacle, ses hommes ont marché pendant douze jours à travers le désert gelé. Quand ils arrivèrent enfin chez eux, ils furent tous exécutés par l'amant de Marian Dayshar. Voir également RONDAA.

Voilà ! Voilà exactement le genre de petits détails que le roi adore !

BOSQUET DE PAVVIL : une petite ville de bûcherons près de la frontière ceurane. C'est à cet endroit que se déroula la bataille finale entre les rebelles ceurans et les envahisseurs khalidoriens.

BOUCLE RÉCURSIVE : voir **RÉCURSIVE, BOUCLE.**

BROUETTE NOIRE : un gigantesque dôme noir large de plusieurs lieues sous lequel repose l'ancienne capitale de Trayethell. On pense que c'est là que Jorsin Alkestes livra sa dernière bataille. Ce serait également le seul endroit où un krul tué ne puisse pas être ramené à la vie. On ignore cependant si cette information était connue à l'époque.

CADAVREUX (CA da vreu) : cible d'un pisse-culotte, ainsi nommée parce qu'on

Merci pour l'aide phonétique, Laerin. J'étais persuadé que le mot se prononçait « CHA de vrEUX ». Que ferions-nous sans vous ?

la considère comme morte à l'instant où le contrat est accepté. Il s'agit sans nul doute d'une exagération, mais d'après les recherches des historiens, on peut affirmer que bon nombre de personnes étaient jadis persuadées de la véracité de cette légende.

CAERNARVON (car NAR von) : capitale de Waeddryn. La cité était au confluent de la Wy, la Rouge et la Mûre. Ce fut un endroit paisible et prospère, avant qu'il soit victime de la catastrophe qui l'a rendu si tristement célèbre.

CALLAE : ~~(KA la é, encore une erreur de prononciation du jaérien ancien. Le mot devrait être prononcé KAL i. Ces exceptions grammaticales et phonétiques sont si fréquentes qu'elles jouent probablement un rôle non négligeable dans la triste apathie que manifeste la présente génération quant à l'étude du jaérien ancien, et, par conséquent, dans l'ignorance, la bêtise et l'aridité culturelle de ladite génération.)~~

Vous n'avez pas été fichu de trouver une définition convenable, hein ?

CÉNARIA (CÉ nar I a) : 1) Une petite nation sur la Grande Mer. Malgré l'excellence de ses ports, le pays était pauvre en raison de nombreuses guerres de succession et d'un Sa'kagué fort bien implanté. Les pays frontaliers étaient Khalidor au nord, Ceura au sud et les territoires sous domination lae'knaughtienne au sud-est (Ceura et Modai). 2) La capitale du pays. La cité de Cénaria était divisée par une frontière économique et sociale formée par la Plith. À l'ouest, le Dédale était en grande partie érigé sur des marécages. C'était là que vivaient les rebuts de la société. Ils n'avaient pas le droit de quitter le quartier, mais les gardes corrompus fermaient souvent les yeux sur les infractions à cette règle. À l'est résidaient les marchands, les exportateurs, les anciens esclaves (l'esclavage venait d'être aboli à l'époque où se déroule cette histoire), les nobles et les commerçants les plus prospères.

CEURA/CEURAN (SEU ra/SEU ran) : littéralement, l'Épée. Ceura s'étendait au sud de Cénaria et les deux nations s'affrontaient souvent, mais des problèmes intérieurs ont empêché Ceura de mener à bien une politique d'expansion à grande échelle pendant un siècle. Dotée d'une culture originale, Ceura est parvenue à influencer l'architecture, l'art et l'organisation militaire de Cénaria tout en se préservant des influences de sa voisine et rivale. Animée par une culture guerrière, Ceura n'avait pas encore idéalisé son histoire grâce au système d'ooshito qui lui est désormais associé. Les Ceurans étaient, en ce temps-là, un peuple habitué à la violence et aux horreurs de la guerre, et pour qui seule la victoire comptait. Cette particularité atteint son apogée avec le fameux Lantano Garuwashi ~~(personnage dont on pense aujourd'hui qu'il n'a jamais existé)~~.

Comme les poitrines opulentes, le roi se passionne pour les guerriers invincibles. Gardez le texte en l'état si vous le souhaitez, mais si je peux me permettre : votre remarque est-elle vraiment nécessaire ?

CEUR'CAELESTOS : la Lame du Ciel/la Lame de Pouvoir des Ceurans. Une imposante épée magique ~~censée être~~ en diamant ~~et qu'il était impossible de briser. Quelle ânerie !~~ Selon les légendes, elle abritait un feu intérieur qui prévenait des dangers, et qui grossissait au fur et à mesure que ledit danger approchait. ~~Si cette ineptie ne~~

Vous n'êtes pas le seul érudit de ce pays. Certains de vos confrères ne se moquent pas à demi-mot des personnes

~~fait pas rire Sa Majesté, je me demande bien ce qui pourrait l'amuser.~~

CHAÎNE DE FALTIER : montagnes qui forment la frontière entre le nord de Cénaria et le sud de Khalidor. Vents Hurlants est le principal col permettant de la franchir. La Brouette Noire se trouve à l'extrémité de l'autre col, plus éloigné de la cité de Cénaria, le col de Quorig.

CHAMBRIÈRES, LES : conduites par Eris Buel, une maja mariée. Comme le Chantry était surtout constitué de femmes célibataires, celles qui décidaient de se marier étaient considérées avec méfiance (il était interdit d'épouser un homme possédant le Don et aucun cas ne fut signalé au Chantry – ou si peu). Les épouses s'aperçurent qu'elles n'étaient jamais nommées à des postes de responsabilité. Une femme ne pouvait avoir qu'un époux : le Chantry. On jugeait que celles qui choisissaient de « se soumettre à un homme » (telle était la formule utilisée, empreinte de mépris, y compris lorsque cette soumission était purement théorique)

– et des rois en particuliers – qui aiment les épées magiques. Sachez que la plupart de ces érudits seraient très heureux de vous ravir votre place, vos terres, vos titres ainsi que les misérables vestiges de la vertu de votre fille.

acceptaient de se laisser dominer par un être inférieur et qu'elles devenaient donc des chambrières, des esclaves. Ces unions étaient considérées comme une perversion de la nature (selon laquelle les magiciens étaient censés occuper une position supérieure à celle des non-magiciens, bien entendu).

CHANTRY, LE (CHAN tri) : une école de magie qui était devenue la plus importante en 300 A.J. Elle était dirigée par des femmes depuis 217 A.J. et réservée à ces dernières depuis 428 A.J., date à laquelle les accords alitaerans furent signés par Jezrill Godan et la reine Faelan Couzon. Le Chantry était installé dans une région qui fait aujourd'hui partie d'Ossein et était entièrement géré par les sœurs. ~~Vous n'allez pas le croire, mais~~ le Chantry se dressait au milieu du lac Vestacchi, sur une île flottante qui avait l'aspect d'un séraphin ! À moins que ce ne fût un ange, ou une « femme rayonnante », les traductions manquent de précision. Une île entière taillée comme une statue, capable de se déplacer grâce à des courants magiques. On l'appelait également le Séraphin d'Albâtre, la Dame Blanche ou l'Ange de Nérev. *A priori*, il n'existe aucune étude sérieuse sur le terme « Nérev ».

CHÂTEAU DE BLANCHEFALAISE : résidence des souverains séthis. C'est un joyau de l'ancien monde. On l'avait construit sans regarder à la dépense. Il était en marbre blanc importé de pays lointains. Il existe toujours et est désormais entretenu par l'ordre Silvati qui s'efforce de rassembler des fonds pour restaurer le toit en verre coloré – une entreprise de longue haleine. C'est aujourd'hui une bibliothèque.

COGNEURS : hommes au service du Sa'kagué et employés chaque fois que la situation l'exigeait (extorsions, représailles...). La guilde des Cogneurs tire son nom de ces gens bien qu'elle n'ait aucun lien avec eux.

COL DE FORGLIN : passage entre Ossein et Waeddryn.

COL DE QUORIG : situé à une semaine de route de Vents Hurlants, ce col marquait la frontière entre Khalidor et Ossein. La Brouette Noire se trouve à l'entrée de ce col.

CORANTI (COR an ti) : un texte plus récent nous apprend que le terme signifie : « l'impur ». Cette traduction d'un terme hyrillique (?) n'est pas confirmée par d'autres sources. Durzo et Kylar voient les péchés qui souillent les âmes des hommes et des femmes. Leur sensibilité reste néanmoins fluctuante, et la notion de péchés n'est pas claire. Les meurtres et crimes graves en étaient certainement. Pendant un certain temps, Durzo affirma être capable de voir aussi les mensonges, mais en lisant le récit dans son intégralité, on s'aperçoit très vite que Durzo était lui-même un fieffé menteur.

CORPUSARIUM (COR pu sa ri O me) : une ancienne bibliothèque khalidorienne reconvertie en morgue et en ossuaire. Non pas pour vénérer la mémoire des disparus, mais pour accomplir des rites indicibles.

CRUCIFIEMENT : ~~méthode par laquelle les Alitaerans exécutaient les rebelles et, parfois, les assassins. Le condamné était ligoté sur une croix en bois jusqu'à ce~~

~~qu'il succombe à l'asphyxie. C'était une mort terrible et humiliante.~~

L'arrière-grand-père de Sa Majesté a subi le crucifiement. Il n'est donc pas utile de s'attarder sur ce point.

CUROCH (CU roque/COU roque) : l'épée légendaire de Jorsin Alkestes. Forgée par Ezra Sa'sogol, le plus grand Créateur de tous les temps. Elle fut retrouvée par le prophète et Feir Cousat avant d'être récupérée et « mise à l'abri » par les Sa'seurans. L'Épée de Puissance. Il semblerait que cette lame ait un lien avec l'épée ceurane, Ceur'Caelestos.

DE L'ÉVASION DES JUMEAUX GRASQ : une ballade populaire contemporaine de cette époque. Elle trouve sans doute son origine dans une légende. On ignore si les jumeaux qu'elle met en scène sont les mêmes que ceux du *Funeste Destin des jumeaux Grasq*. On sait qu'en ce temps-là, les jumeaux avaient un fort impact culturel.

DÉDALE : la moitié pauvre de la cité de Cénaria (elle abritait pourtant bien plus que la moitié de la population). Elle était située à l'ouest de la Plith. Elle était ainsi nommée en raison de ses rues labyrinthiques et du fait qu'il était pratiquement impossible pour un étranger de la traverser.

Le roi possède quatre mille chevaux de guerre. Pensez-vous vraiment qu'il soit nécessaire de lui expliquer la signification de ce mot? Enfin, gardez donc cette définition. Après tout, c'est vous qui payez le parchemin. Je vais commander quelques enluminures à l'or fin supplémentaires pour illustrer les marges.

DESTIN FUNESTE DES JUMEAUX GRASQ, LE : ainsi que je l'ai mentionné, il s'agit d'une chanson. On ignore si elle a un lien avec *L'Évasion des jumeaux Grasq*.

DESTRIER : grand cheval de guerre. Ces animaux étaient dressés pour porter des cavaliers en armure, mais également pour se battre.

DIASPORA THAUMATURGICA (DI as PO ra TO ma TUR gi ca) : « La diaspora des mages ». Au cours du siècle qui suivit l'effondrement des Terres Brillantes, les mages furent persécutés à travers tout Midcyru. Beaucoup d'écoles virent le jour dans les différents royaumes, mais elles furent anéanties les unes après les autres. On estime que les deux tiers des mages trouvèrent la mort au cours de cette période.

Le roi est inculte, pas idiot. On pourrait dire l'inverse de certains érudits, en revanche.

FACTEUR D'ARC : ~~personne qui fabrique des arcs et des flèches.~~

FERMES À BÉBÉS : des établissements semblables à des orphelinats, si ce n'est que les enfants devaient y travailler. Les abus n'étaient pas rares. Certaines affaires tristement célèbres – mais peut-être fictives – ont révélé que les enfants étaient parfois prostitués ou vendus comme matériel de vivisection.

FÉYURI (fè Yu ri) : personne se revendiquant comme un descendant du peuple de Fey. La communauté des Féyuris était méprisée en raison de ses origines et de son pacifisme. Les Féyuris étaient fort peu nombreux à l'époque du récit.

FORÊT IAOSIENNE (i A o si ène) : également connue sous le nom « le bois d'Ezra ». Elle s'étend à proximité de Torras Bend et fait théoriquement partie de Waeddryn. C'est là que le mage Ezra le Fou disparut, près de cinquante ans après la chute de Jorsin Alkestes. L'endroit avait la réputation d'être un repaire de monstres. Plusieurs expéditions s'y rendirent. Les premières cherchaient à collecter des informations, les suivantes à récupérer les objets magiques abandonnés sur place par les premières. Aucune ne revint. Elles disparurent sans laisser de trace. On raconte que ces bois étaient le domaine du Chasseur Noir.

FRIAKU (FRI a CU) : nation de l'extrême-orient, célèbre pour ses seigneurs cavaliers.

FURIE (adj.) : terme flou. Possédant le Don, peut-être. Il existe de nombreuses références historiques aux « guerriers Furie » de Friaku, mais leur signification n'est pas explicitée, car supposée évidente.

GALERUS : rétiaire. Littéralement, un « homme au filet », ou un « combattant au filet ». Terme surtout employé par les Séthis.

GANDU/GANDIEN (GAN du) : nation insulaire au sud de Waeddryn. Pays se tenant à l'écart des affaires du reste du monde. C'était là que résidaient les hommes de l'école de magie des guérisseurs. Il n'existe que très peu d'allusions à cette nation et à son peuple dans les documents historiques et les divers récits de l'époque. Ses mages, en revanche, sont omniprésents dans les histoires romancées, en raison de leurs pouvoirs quasi mythiques. Votre héros meurt noblement à la fin de votre histoire ? Un Hoth'salar gandien et tout s'arrange !

GEÔLES (PRISON) : la Gueule était la seule prison de Cénaria. Elle s'étendait en grande partie sous le château. Cette particularité a conduit plusieurs souverains à détourner le cours de la Plyth, parfois « accidentellement » afin de se débarrasser des prisonniers une bonne fois pour toutes. ~~Cette prison installée sous le lit d'un fleuve (à peu de chose près) est un des indices majeurs qui amènent les érudits contemporains à penser que toute cette histoire n'est qu'un mythe. Cela et, bien évidemment, les assassins à poitrines opulentes possédant des pouvoirs quasi divins.~~

GORATHI (GO ra ti) : guerrier respecté, voire vénéré, d'Ymmur et de Friaku. Les gorathis Furie sont décrits comme des êtres qu'il faut craindre, mais sans explications supplémentaires. Il est clair que pendant un temps, ils ont fait office de croque-mitaines et qu'il n'était donc pas nécessaire d'en dire plus à leur sujet.

GRAAKOS : une invocation khalidorienne qui permet de faire apparaître un bouclier. Pourquoi ce terme a-t-il survécu jusqu'à aujourd'hui alors que tant d'informations importantes

Qui pave le difficile chemin des savants? On tombe dans le racolage littéraire? Vous devriez sortir plus souvent!

ont disparu ? C'est une des frustrations qui pavent le difficile chemin des savants.

GRAAVAR DES HAUTES TERRES : tribu de Khalidoriens. De grands sauvages aux yeux bleus, au corps puissamment charpenté, aux cheveux noirs et aux fines moustaches. Ces hommes étaient de redoutables guerriers.

GRANDS, LES : les enfants les plus âgés d'une guilde de rue. Cette classification dépendait plus de la taille et de la position hiérarchique que de l'âge réel. Ainsi, Jarl, bien que petit, fut reconnu comme un grand vers ses dix ans.

GUEULE, LA : geôles cénariennes situées sur l'île de Vos, presque sous le château. Une rampe menait à l'entrée qui représentait un visage de démon taillé dans du verre volcanique noir. Le pire endroit de la prison s'appelait « le Trou ». ~~Toutes les informations disponibles laissent à penser que la Gueule était un endroit fort désagréable.~~

À la différence des autres prisons?

GUILDE : après l'abolition de l'esclavage et la fermeture des fermes à bébés à Cénaria, d'innombrables orphelins se retrouvèrent à la rue. Les gardes les chassèrent à l'est de la ville, dans le Dédale. Les guildes opéraient sur le territoire du Sa'kagué, et bien que celui-ci les ait parfois utilisées à son avantage, ses chefs ne semblaient pas s'y intéresser beaucoup – ce qui est d'autant plus surprenant que la plupart d'entre eux y avaient fait leurs premières armes. En règle générale, les guildes faisaient office de familles de substitution pour les orphelins et les formaient à leurs futures occupations, rarement légales.

GUNDER : pièce d'or en circulation dans le royaume. Elle tirait son nom d'Aléine Gunder le Neuvième dont le profil ornait le côté face.

GURKA : un lourd couteau à lame courbée à son extrémité, ou une épée courte.

HARAN (A ran) : ~~nation qui se trouvait soit à l'est d'Ymmur (ce qui est impossible, puisque nous savons qu'il n'y avait que l'océan), soit dans la petite enclave de Ladesh, à l'extrême sud-ouest. Chalcus a émis l'hypothèse que Haran avait été engloutie par les~~

~~flots et que les survivants avaient navigué jusqu'à l'autre bout du monde pour établir une colonie à Ladesh. Je trouve que Hevort est plus crédible quand il affirme que Haran est un terme qui désigne simplement un peuple lointain, exotique, barbare ou étrange. Je remarque en effet que~~ Haran est le pays du « taureau de Harani », une créature haute de quatre mètres dotée d'une peau aussi dure que le fer et armée de crocs longs comme des épieux ! ~~Comment un tel animal aurait-il fait pour brouter ? Ces histoires nous en apprennent moins sur les êtres qu'elles décrivent que sur ceux qui y croyaient.~~

Voilà, j'ai apporté les corrections à votre place.

HAVERMERE : ancien domaine des Gyre au cœur de Cénaria. Il était célèbre pour la qualité de ses chevaux.

Le roi adore les chevaux. Parlez-en davantage. Je me fiche de savoir si vous inventez.

HÉCATONARQUE (é CA to narc) : prêtre des cent dieux. Ils portaient des capes de cent couleurs. Cette religion, qui ne dura guère, est fort intéressante. Elle apparut alors que de plus en plus de gens se tournaient vers le dieu unique. Elle affirmait qu'un prêtre d'un des cent dieux pouvait prêcher pour chacun d'entre eux. Selon toute apparence, les dieux devinrent jaloux et chacun voulut ses propres prêtres.

Y a-t-il un rapport avec le fait que tous les prêtres sont rassemblés dans un même endroit – ce qui permettrait de les massacrer d'un coup très facilement ? À moins qu'il ne s'agisse d'une tentative d'humour ?

HERBES :

ARIAMU (A ri AH mu) : peut-être une racine toxique.

FEUILLE D'ARGENT : les racines sont toxiques, mais les feuilles sont souvent utilisées par les médikers pour guérir les malades.

GRAINE DE NORANTON : aucune information.

GRAINES DE PRONWI (PRO ne oui) : graines qui ont disparu, ou qui sont désormais connues sous un autre nom.

GRAINE DE TUNTUN : réduite en poudre et inhalée, elle provoque des hémorragies pulmonaires.

HERBE À POUX : utilisée en médecine ?

JACINTHE : poison lent une fois cette plante mélangée avec de l'ariamu.

JUSQUIAME : herbe non mortelle, mais capable de rendre une personne malade pendant plusieurs jours lorsqu'elle est mélangée avec du kinderpéril.

KINDERPÉRIL : poison. Signifiant peut-être « dangereux pour les enfants », bien que selon toute probabilité, il ait été possible de préparer des doses mortelles pour les adultes.

PÉRI PÉRI : poison de contact une fois qu'il est mélangé avec du xanthos. En dose modérée, la victime restait inconsciente.

PIMENT GURI : épice ?

RACINE D'ACHILLÉE : plante inconnue.

UBALD (U bal de) : racine aux propriétés inconnues.

XANTHOS (XAN to sse) : poison de contact ?

HERBORISTERIE : ~~un endroit où on cultivait et, généralement, où on vendait des herbes.~~

HÉRITIER : dans le sens de « fils digne du trône ». Prince khalidorien. Dans la civilisation khalidorienne, la succession ne se faisait pas en fonction du sang, mais des talents politiques et magiques d'un individu. Chaque héritier se voyait confier un uurdthan afin de prouver sa valeur.

HORAI : une île de Seth, patrie des Takeda.

HOTH'SALAR (HOT sal AR) : terme de jaérien ancien. « Frère guérisseur », également connu sous le nom de mage vert. Leur école, Hoth'Salarium, se trouvait dans la cité de Horachi.

HYRIL (HI ri le) : ancienne capitale des Terres Brillantes. Il s'agit probablement d'une légende.

HYRILLIQUE (HI ri li que) : relatif à Hyril. En règle générale, le terme renvoie à la langue, même si les habitants de Hyril ne la parlaient pas. À l'époque de Jorsin Alkestes, le jaérien ancien était considéré comme un langage vulgaire. On pense que le hyrillique était alors une langue d'érudits, ou de thaumaturges. Au moment où se passe cette histoire, elle était peu utilisée, mais elle existait toujours. Il en reste quelques vestiges dans le vocabulaire, mais la grammaire s'est complètement perdue.

ÎLE DE VOS : ~~île de la cité de Cénaria, formée par la barrière naturelle de la~~

~~Plith. Château Cénaria, les Faisceaux ainsi que la Gueule étaient situés sur cette petite île rocailleuse.~~

INCINÉRATEUR : un instrument alchimique permettant de transformer les liquides en poudre.

IURES (IU resse) : terme de jaérien ancien signifiant « le sceptre ou le bâton de la loi ». Un objet magique fabriqué par Ezra le Créateur et aujourd'hui disparu. ~~Certaines hypothèses évoquent la possibilité qu'Ezra le Créateur et Ezra le Fou aient été en réalité une seule et même personne. Votre serviteur ne le pense pas, car ces deux hommes vivaient à des périodes différentes. Au mieux, le second a souhaité rendre hommage à son prédécesseur, ou il a peut-être été son lointain descendant. Il est même possible que les apparitions de ce second Ezra, bien après l'époque d'Alkestes, soient le fait d'affabulateurs ou de conteurs. J'espère que Sa Majesté daignera financer des recherches approfondies sur ce sujet passionnant.~~

Commencez par terminer le travail qu'on vous a confié ! On verra ensuite !

JAÉRA : un héros ou un dragon. Ce personnage – ou cette créature – était déjà considéré comme de l'histoire ancienne au moment où se déroule ce récit. Il n'existe pas d'autres informations à son sujet.

JAÉRIEN, ANCIEN (JAIR ien) : fait référence aux plaines jaériennes à l'est de Ceura, ou bien à l'ancienne langue jaérienne. Plus rarement, le terme désigne également la langue commune en vigueur sur la plus grande partie de Midcyru. ~~(Remarque : bien que ce soit la deuxième fois que, dans ce thesaurus, on rencontre un terme avec les lettres AÉR/AER formant le son *air*, cela n'a aucun rapport avec la prétendue origine hyrillique des mots jaériens et alitaerans, ainsi que le soutiennent certains érudits. Comme mes recherches l'ont démontré sans l'ombre d'un doute, il s'agit de vocables en jaérien ancien qui sont devenus si courants que les masses populaires ont altéré la prononciation en raison de leur piètre connaissance des règles phonétiques. Il en est allé de même avec le verbe « être » qui possède désormais des formes très irrégulières (voir *Révolutions glottale et historique à travers la formation des langues*~~

Voilà précisément le genre de stupidités dont vous avez émaillé les premières « brèves remarques ». Le roi Braag souhaite une histoire, pas une cure contre l'insomnie.

~~*hyrillique/alitaerane/khalidorienne avec références particulières aux migrations ayant suivi la diaspora thaumaturgica*, par D. Laerin Votagsmere, D.Kn., J.Sc.)~~

JEUX DE LA MORT : créés par le comte Drake, ils se déroulaient dans une arène. C'était l'occasion de manger, de boire et de parier. Ils devinrent peu à peu une passion nationale, entretenue par le Sa'kagué. On ignore encore les raisons qui poussèrent le Sa'kagué à accepter d'y mettre fin.

KA'KARI (ka KA ri) : terme hyrillique. La traduction reste incertaine. L'orbe suprême de… ? Ils ont peut-être été créés ou découverts grâce à l'emploi conjugué de Curoch et Iures. À moins que ce ne soit le contraire. On raconte qu'Ezra était impliqué dans la création des deux artefacts, tout comme Jorsin Alkestes. Les érudits sont incapables de faire un choix entre les indices conflictuels qui sont tous aussi improbables les uns que les autres.

LE KA'KARI BLEU : Gaelan Feu du Ciel le précipita dans la mer, donnant ainsi naissance au Maelstrom de Tlaxini.

LE KA'KARI BLANC : il fut perdu pendant six siècles (la grand-mère de Garoth Ursuul ne voulait pas qu'il reste aux mains du Chantry).

LE KA'KARI VERT : il fut emporté à Ladesh par Hrothan Courbacier et égaré deux cent vingt ans avant le début de cette histoire.

LE KA'KARI ROUGE : il fut jeté au cœur de la montagne Ventdecendre (que les Ceurans appellent le « mont Tenji ») par Ferric Flammecœur, à moins que ce ne fût par Gaelan Feu du Ciel.

LE KA'KARI D'ARGENT : il disparut au cours de la guerre de Cent Ans. Il pourrait être n'importe où entre Alitaera et Ceura – à moins que Garric Ombrefuneste ne l'ait détruit.

LE KA'KARI BRUN : on raconte qu'il se trouve à l'école des Créateurs, à Ossein (de nombreux détails ont été supprimés – en dépit de mes objections – à la demande du chambellan).

Savez-vous comment on appelle une personne qui révèle l'intrigue alors qu'on ne lui demande rien ? Un vagabond sans emploi.

KA'KARIFER (ka KA ri Fer) : possesseur d'un ka'kari. Pourrait également désigner une personne capable d'utiliser un ka'kari.

KARIAMU LODOC (KAR i AM u lo doc) : phrase hyrillique sans traduction précise qui exprime l'obéissance, des excuses solennelles et l'acceptation de ce qui va s'ensuivre. ~~Comment expliquer qu'un pisse-culotte illettré de Cénaria connaisse une telle phrase ? C'est le genre de questions qui empêche les linguistes de dormir.~~

Et qui n'amuse pas du tout les chambellans. Supprimé !

KHALI : une déesse khalidorienne. Une description plus complète a été rédigée sur ordre du chambellan.

KHALIDOR/KHALIDORIEN (KAL i DOR, KAL i DOR ien) : nation au nord de Cénaria et au sud de la région des Glaces. Elle fut fondée par Roygaris Ursuul après qu'il a trahi Jorsin Alkestes. Les Rois-dieux affirment qu'ils sont les descendants de Roygaris, ce qui est peu crédible. Khalidor réduisit Lodricar au rang d'État fantoche avant de l'absorber petit à petit. Il ne reste plus que les documents officiels pour éclairer l'histoire de cette nation, et ils ont été censurés tant de fois que les érudits ont bien peu d'éléments pour se faire une idée des transformations que le pays a connues. Jadis, il était sans doute beaucoup plus prospère qu'à l'époque à laquelle s'est déroulée cette histoire. Des textes anciens mentionnent des terres arables au lieu de la toundra et il semblerait que le Nord n'était pas recouvert de glace. Quand Hizikirin accomplit son expédition avec des traîneaux tirés par des chiens, il affirma qu'il avait trouvé des cités portuaires encore plus au nord que les ruines de la Porte Fantôme. Des cités portuaires emprisonnées dans des cercueils de glace. D'après nos hypothèses, les premiers à s'installer dans le pays, juste après la chute de Jorsin Alkestes, étaient les survivants d'une classe dirigeante, les Lodricariens, des clans des montagnes et des basses terres, les Féyuris et le peuple du Fleuve – sur lequel nous ne savons rien.

Les clans connus étaient :

CHURAQ.

HRAAGL : chargé de protéger les convois.

IKATANA : une tribu montagnarde de grimpeurs.

QUARL.

KHALIRAS : la capitale de Khalidor. Un gigantesque réseau de cavernes s'étendait sous la cité et autour de cette dernière. L'exploitation minière avait commencé sept cents ans plus tôt. Selon certaines légendes, on y trouvait un minerai magique.

KHALIRIUM : la salle dans laquelle réside Khali.

KHALIVOS RAS EN ME (KAL i VOSSE RASSE en mé) : prière khalidorienne qui peut se traduire par : « Viens, Khali. Vis en moi, Khali. »

KRUL : ~~être mythique. Sa Majesté doit néanmoins comprendre que les personnages de cette histoire étaient persuadés de l'existence de ces créatures. Certains, du moins. Surtout à la fin de leur périple.~~ Il s'agissait de monstres créés par les Khalidoriens, peut-être par les vürdmeisters. Selon le talent de leur créateur, ils pouvaient prendre la forme de chevaux, de loups, de tigres, de mammouths, de fourmis de feu ou de grenouilles géantes – je dois reconnaître que j'ai du mal à comprendre l'intérêt de cette dernière forme. Chaque krul contient un Étranger, qu'on appelait anciennement des revenants, car les vürdmeisters étaient censés pouvoir les faire revenir à la vie quand ils mouraient.

KRUL : un meister est capable de diriger douze kruls, mais il a besoin de s'adjoindre les services d'un krul blanc, c'est-à-dire d'un démon, pour en diriger davantage. Treize kruls forment un groupe.

DÉMON : un démon permet à un meister de gouverner plus de douze kruls. Treize démons constituent un peloton.

SEIGNEUR DES OS : c'est une créature plus intelligente que les précédentes. Elle est capable de parler et d'employer une sinistre forme de Don ou quelque chose de cet ordre. Grâce à son invocation, un meister peut commander un peloton, c'est-à-dire plus de douze groupes.

SUPPÔT : un suppôt permet d'avoir plus de douze pelotons à ses ordres. Treize pelotons forment une légion.

ARCANGHUL : cette créature permet de prendre les rênes d'une légion.

Treize légions correspondent à une armée. Le Roi-dieu Roygaris invoqua une armée afin d'achever la conquête de la région des Glaces.

SEIGNEUR DE LA NUIT : un seigneur de la nuit permet de diriger treize arcanghuls.

KHALI : la divinité qui domine les seigneurs de la nuit. Elle a tué Roygaris Ursuul avant de devenir la déesse des Khalidoriens et de leur offrir le vir.

Il existe d'autres créatures légendaires qui pourraient être des kruls. Une taxinomie des êtres fantasmagoriques est très difficile à établir. On peut citer les zels, les féralis, les férozis, les buulgaris, les blaemirs et les titans.

LAC VESTACCHI : ~~à Ossein, lac sur lequel flottait l'école-statue du Chantry, au confluent de deux fleuves.~~

LADESH/LADÉSHIEN (la DÈ che, la DÈ chien) : une nation couvrant un continent entier de l'autre côté de la Grande Mer. Les récits affirment qu'elle était si loin que seuls les Séthis possédaient les navires et les talents de marin requis pour accomplir la traversée, mais ils refusaient d'emporter des passagers venant de Midcyru. En revanche, il n'était pas rare de rencontrer des Ladéshiens qui avaient fait le chemin inverse. Représentant une minorité non négligeable dans plusieurs cités portuaires de Midcyru, ils étaient à la tête de fortunes extraordinaires grâce à leur monopole sur la soie, et à leur organisation d'une efficacité redoutable qui reste inégalée à ce jour.

LAE'KNAUGHT/ LAETUNARIVERISSIKNAUGHT (LAILLE NÔ te/LAILLE tune AR i VER is si NÔ te) : une secte antireligieuse qui régnait sur une partie de Ceura et de Modai, bien qu'elle affirmât qu'elle ne se souciait aucunement du pouvoir temporel. Le mot contient une diphtongue qui n'existe plus dans notre langue : la syllabe finale est aspirée.

Incroyable ! Une remarque linguistique digne d'intérêt. Celle-ci peut rester.

LANGUE DE DRAGON, LA : idiome (khalidorien ?). Une flamme magique diffuse.

LODRICAR/LODRICARIEN : une nation à l'est de Khalidor qui finit par absorber cet État fantoche.

Approfondissez ! Des navires aspirés comme des fétus de paille et la mer jaillissant vers le ciel ? C'est excitant. EX-CI-TANT, Laerin. Je veux davantage de morts, d'explosions, de magie et de poitrines opulentes. Vous ne faites pas frissonner vos lecteurs.

MAELSTROM DE TLAXINI : on raconte qu'il s'est formé quand Gaelan Feu du Ciel a jeté le ka'kari bleu dans la mer.

MAGE : être capable d'utiliser le Don. On distingue :

LA MAJA : titre réservé aux femmes.

LE MAGE : titre réservé aux hommes.

Le terme « mages » est employé pour désigner un groupe composé d'hommes et de femmes, ou quand le sexe de la personne est inconnu. Il s'agit d'un héritage du jaérien ancien, une langue formative qui ne posait problème qu'à l'écrit.

MAGEFEU : feu magique.

MAGIE : ensemble de pouvoirs surnaturels. Les mages tiraient les leurs de la lumière du soleil ou d'un feu, mais ils étaient capables de conserver de petites réserves. Les sorcières ne semblaient pas être soumises à de telles limitations, mais votre serviteur est bien incapable de vous dire d'où elles puisaient leurs pouvoirs. Certaines hypothèses évoquent des démons…

MAISONS : un concept flou de la civilisation cénarienne, car les nobles maisons cénariennes ont été soumises à de grands changements au fil des siècles. De nouvelles maisons ont été créées tandis que d'anciennes disparaissaient. Les Markell constituèrent une maison pendant trois cents ans avant d'être annihilés peu avant le début de cette histoire – à la fin de laquelle plusieurs nouvelles maisons virent le jour. J'ai établi une liste de ces maisons à la demande de votre chambellan.

MAÎTRE-LAME : le terme parle pour lui. Les maîtres-lame appartenaient à une fédération plus ou moins informelle. Après tant de siècles, on ne sait presque rien d'eux, mais il existe une histoire (de Vol Trulen) que j'estime crédible. Elle affirme que les maîtres-lame avaient une particularité qui empêchait qu'on usurpe leur titre trop souvent : ils ne pouvaient pas refuser de se battre lorsqu'on les provoquait en duel. De plus, lorsqu'on signalait des imposteurs (généralement, de jeunes gens qui cherchaient à profiter du statut élevé de cette caste sans avoir à subir un entraînement rigoureux), de véritables maîtres-lame étaient envoyés pour les défier. Il semblerait que ces sanglantes leçons aient été fort nombreuses. Sa Majesté connaît sans nul doute la ballade populaire : « L'Épine de la rose » – qui, en dehors de ce détail, n'est qu'un ramassis d'inepties.

Le roi adore cette chanson. N'allez pas lui gâcher son plaisir !

MAJAX UXTRA KURRUKULAS (MA j AX UX tra ku RU ku lasse) : mage des bois, ou mage naturel (pour les femmes).

MARCHÉ DE SIDLIN : marché principal de la ville de Cénaria.

MÉDIKER : terme archaïque pour désigner un médecin.

MEISTER (maille ce teur) : terme khalidorien signifiant « maître (de la magie) ». Il était également employé pour s'adresser avec respect à une sorcière.

MERCENAIRE : soldat dont on loue les services.

Si vous définissez encore UN SEUL terme évident, je brûle ce document et je vous oblige à le réécrire au fond d'un cachot.

MIDCYRU : 1) L'intégralité du monde connu. 2) Le continent.

MIKAIDON, LE : gardien de la sécurité publique à Hokkai. L'équivalent d'un préfet de comté actuel.

MISTARILLE : un métal légendaire, léger et indestructible.

MODAI/MODINIEN : une nation fragmentée au sud-est de Cénaria, gouvernée par une sorte de prédictature anarchique. Pour devenir chef de l'État, il suffisait de convaincre une majorité d'ignares que vous leur accorderiez à peu près tout ce qu'ils demandaient en taxant les autres. Pour éviter que le chef de l'État ne soit effleuré par l'aile de la sagesse et décide un jour de s'occuper du bien du pays plutôt que de celui de ses partisans, il était remplacé tous les cinq ans, en général par un membre du parti de l'opposition. Dans les pays qui emploient toujours cette méthode, les dirigeants peuvent échapper à leurs responsabilités et la populace, plongée dans un mécontentement permanent, peut croire à leurs nouveaux mensonges.

Le roi sera ravi d'apprendre que vous ne faites pas partie de ces démophiles tellement à la mode en ce moment. Vous êtes vraiment un homme du peuple, Laerin.

MONTAGNES DE FASMERU : montagnes au pied desquelles se trouve Torras Bend, sur la frontière sud d'Ossein, à l'est de la frontière avec Cénaria.

MONT HEZERON : ~~le plus haut sommet sur la frontière ceurane. Il culmine à environ quatre cent trente mètres.~~

MOULINA : un ancien terme khalidorien. Il exprime de l'affection, à moins que ce ne soit du mépris.

Très utile…

NAGIKA (NÂ gi câ) : une robe traditionnelle portée par les Séthies. Le tissu passe sur une épaule en laissant un sein exposé. Ce vêtement était peu commun à l'époque où se déroule cette histoire, car les Séthis avaient de nombreux contacts avec les habitants du continent et ceux-ci n'appréciaient guère cette tenue qu'ils jugeaient « immorale ».

Des détails, s'il vous plaît. La coupe ? Le tissu ? Dame Versetti prépare une surprise pour le roi.

NÉ(E) ESCLAVE : terme employé pour désigner les enfants nés de parents esclaves, ou élevés dans des fermes à bébés, ce qui revenait au même.

NEPHILIM : terme de l'Antiquité. Créature mythique, née des amours d'un ange et d'un être humain.

NEUF, LES : seigneurs du Sa'kagué représentant les différentes parties de la cité. À Cénaria, il y a le Trématir (le Maître des Pièces), l'Urdt « le Truqueur » (les jeux), le Fjidt « le Voleur », le Duergust « le Premier Frappeur » (le chef des cogneurs), le Garjudt « le Fléau » (l'esclavagisme et l'extorsion), la Mattir « la Mère » ou « la Maîtresse des Plaisirs » (la prostitution), le Kuhluhk « le seigneur des Murmures » (l'espionnage), le Sahrasliss « le Maître de Contrebande » et le Braavok « le Joueur de Flûte » (guildes de rue). Remarque : ces mots viennent du varagoli, une langue préalkestienne parlée par les Pygmées des Rochers, un peuple de l'Antiquité qui vivait à Cénaria. Ce peuple et leur langue ont aujourd'hui disparu. ~~Des propositions ont été faites afin d'approfondir les recherches sur cette ethnie fascinante.~~

NEUVANT, LE : surnom moqueur donné à Aléine Gunder Neuvième du nom.

NOCTA HEMATA : « la nuit de la Passion/de l'Abandon/du Sang ». Ce surnom populaire désigne la nuit du soulèvement cénarien. Cet épisode a été relaté en détail à la demande de votre chambellan.

NYSOS : dieu du sang, de la semence et du vin. Les extraordinaires fêtes séthies données en son honneur constituent les fondements de l'art dramatique moderne. Tellel pense que ces festivals étaient de véritables orgies qui duraient une semaine entière et qui attiraient des visiteurs du monde entier. Du temps de l'apogée de l'Empire séthi, du moins.

OOTAI (OU taille) : une boisson chaude populaire parmi les habitants de Midcyru. Amère et tonifiante. On la connaît aujourd'hui sous le nom de thé. Elle n'est pas autorisée depuis la guerre commerciale qui opposa l'arrière-grand-père de Sa Majesté au Kumare.

PÂTRE : un prêtre du dieu unique.

PETITS, LES : les enfants les plus jeunes et/ou les plus petits d'une guilde de rue.

PHILODUMANOS : un poison, ou un explosif.

PISSE-CULOTTE : assassin de métier possédant des pouvoirs magiques. Ils étaient ainsi nommés en raison de l'effet qu'ils produisaient sur les personnes qui croisaient leur chemin. Ils étaient au service du Sa'kagué.

Et que diriez-vous d'approfondir et de pimenter un peu cette définition ? « Le premier pisse-culotte fut… » Inutile de garder un ton aussi universitaire, Laerin.

PLANGA (PLAN ga) : minuscule nation insulaire au sud-ouest des côtes de Ceura. Elle était connue pour ses innombrables troupeaux de moutons et la qualité de ses vitres – les habitants avaient découvert une technique permettant de colorer le verre en fusion.

Ils conservèrent ce secret pendant des siècles, mais à cause d'un gouvernement peu rigoureux et d'une population qui ne s'intéressait guère qu'à l'alcool et à la poésie, ils ne cherchèrent jamais à employer leurs richesses pour étendre leur pouvoir.

Tiens donc, on dirait que vous avez remarqué que le roi n'aimait guère les Plangans, misérable vermisseau.

PLITH : le fleuve qui séparait la cité de Cénaria en deux moitiés – d'un côté les nantis, et de l'autre ceux qui ne vivaient qu'à moitié. *(Toutes mes excuses pour cette plaisanterie douteuse. Si le parchemin était meilleur marché, j'aurais recommencé… mais je crains de le déchirer si j'essaie de le gratter une fois de plus.)*

Je veillerai à ce que le roi remarque votre sens de l'épargne, ainsi que l'élégance de vos traits d'esprit.

POING-MARTEAU : un cône de magie bleuté. Le genre de sortilège que n'importe quel mage de Sho'fasti connaissait.

POSITIONS D'ESCRIME :

ASSAUT D'YRMI
BLOTTISSEMENT DE KIRIAE
CHASSE AU HÉRON
CHÂTEAU DES TROIS MONTAGNES
CHUTE DE ROCHERS
DÉFENSE DE PRAAVEL
DEUX TYGRES

EAUX NOMBREUSES
ÉTAL DE GARON
FAUTE DE KEVAN
GLOIRE DE HADEN
GOUTTES D'EAU
JEU DE GABEL
NŒUD MAL SERRÉ
OMBRES DU MATIN
PLONGEON DE GORAMOND
PROMENADE D'ALATHÉA
RAGE DE SYDIE
TAUREAUX DE HARANI
TROIS MARGUERITES
VALDÉ DOCCI : l'escrimeur se retire.
ZSHEL POSTO : position permettant de garder son équilibre et son agilité sur un terrain glissant.

Comment? Avec votre physique impressionnant et votre grâce naturelle, je m'attendais à plus de détails, Laerin.

POTENTIALISATION : Lorsque deux drogues se combinent pour que l'une, ou les deux, atteigne une efficacité maximale. Les chimistes avec lesquels je me suis entretenu pensent que cette technique était inconnue à Midcyru à l'époque où s'est déroulée cette histoire.

POUDRE : une drogue utilisée par les Khalidoriens. Elle provoquait un état d'euphorie, un sentiment d'invulnérabilité et une mort brutale.

PROTÉGÉ DES TÉNÈBRES : autre surnom de l'Ange de la Nuit.

RAPTUS MORGI : le gardien des morts. Titre khalidorien que portait la personne chargée de surveiller les kruls du Roi-dieu à Khaliras.

RÉCURSIVE, BOUCLE : voir **BOUCLE RÉCURSIVE**.

REIGUKHAS : cité khalidorienne proche de la Brouette Noire. C'est à cet endroit que grâce à leur ruse, les troupes du Sud ont attiré leurs ennemis khalidoriens. C'est également là qu'un massacre a été organisé afin de créer des kruls.

ROI-DIEU : un des titres de Garoth Ursuul, qui déclarait être le descendant en droite ligne du fondateur de Khalidor, Roygaris Ursuul. Les érudits pensent que ces affirmations relevaient plus de la manœuvre politicienne que de la vérité historique.

RONDAA (ron DA) : une danse khalidorienne sensuelle exécutée par des femmes, en général pour le plaisir de leurs époux ou de leurs prétendants. Les prostituées la pratiquaient également. La danseuse portait de très larges épaulettes auxquelles étaient suspendues

Je ne toucherai pas à ces définitions, Laerin. Elles m'ont arraché un vague sourire. Je vous conseille cependant d'imaginer ce qui se passera si le roi estime que vous vous moquez de lui. Avez-vous rédigé un testament ? Vos affaires sont-elles à jour ? Très bien.

des bandes de tissu. En dessous, elle pouvait arborer de la lingerie suggestive, des peintures corporelles… ou rien du tout. Des clochettes étaient accrochées à l'extrémité des bandes de tissu et tintaient à chacun des mouvements lascifs du bassin de la danseuse. La tête restait quasiment immobile alors que les hanches ondulaient avec lenteur. Voir également BERAA.

Sympathique description. Il y a de l'espoir pour vous, Laerin, finalement.

RUE SIDLIN : rue importante dans la partie est de Cénaria.

RURSTAHK SLAAGEN (RUR stoc SLOG en) : « le Diable dans les Murs ». Surnom donné au duc Régnus Gyre par les clans de guerriers des hautes terres khalidoriens.

SA'CEURAI : terme de jaérien ancien qui signifie « Longue Épée ». Ce titre était attribué aux jeunes guerriers ceurans lorsqu'ils tuaient un Sa'ceurai. La plupart des érudits considèrent cependant qu'il existait un autre moyen d'obtenir ce titre, car un tel système aurait conduit à une disparition plus ou moins rapide de cette élite.

SA'FASTI (SA fasse ti) : terme de jaérien ancien signifiant « seigneur des mouvements » ou « seigneur de la musique » (peut-être). Il s'agissait de mages bleus ou de mages de puissance. Leur école, le Sho'fasti, se trouvait dans la cité alitaerane de Jer'mai.

SAI : épée courte dotée d'une longue pointe étroite et de deux autres, plus courtes, sur la garde. Elle permet de bloquer et de briser les armes des adversaires. Les extrémités des pointes sont soigneusement affûtées.

SA'KAGUÉ : « seigneur des ombres ». Le terme s'applique aussi bien à un homme qu'à une femme. Il s'agissait d'une guilde de criminels qui existait sous une forme ou une autre dans la plupart des cités de Midcyru, mais elle était particulièrement puissante et bien organisée à Cénaria. Elle était généralement dirigée par les Neuf, dont les fonctions variaient selon les villes, et un Shinga.

SA'SALAR : seigneur guérisseur. Un titre peu utilisé à l'époque où se déroulait cette histoire, soit par humilité, soit parce qu'on reconnaissait que les talents des Hoth'salars étaient inférieurs à ceux des Sa'salars. On pense que le premier

Roi-dieu Roygaris Ursuul et Ezra le Créateur étaient des Sa'salars.

SA'SEURAN/SA'SEURIEN (SA SEUR an, SA SEUR ien) : « seigneur de la lumière ». 1) Un mage du feu. 2) L'ensemble des Sa'seurans. 3) Les chefs du Sho'cendi, l'école du feu. ~~Toutes mes excuses pour cette définition complexe, Majesté !~~

SCHLUSS : activité consistant à fixer de petites luges à ses pieds et à dévaler une colline enneigée en restant debout et à une vitesse terrifiante. Il s'agit très vraisemblablement d'un passe-temps inventé, ou qui était réservé aux déments.

SÉQUOIA : arbre géant qui pousse dans la forêt iaosienne. On pense qu'il s'agit des plus anciens êtres vivants de ce monde.

SERPENT DE HARAN/LADESH : serpent à sept têtes. Créature légendaire.

SESCH (SÈ che) : « le jeu des rois ». Il se jouait sur un plateau quadrillé avec des pièces en bois ou en pierre. Une remarque intéressante : alors que, selon toute probabilité, les femmes de cette époque étaient cantonnées à des tâches subalternes, la pièce représentant une femme était la plus puissante de toutes.

SETH (SÈ te) : l'Empire îlien de Seth était déjà considérablement amoindri à l'époque de cette histoire. Il venait de perdre sa dernière colonie à cause de la politique désastreuse de l'empereur Sijuron Tofusin. Le pays se relèverait par la suite, mais ne serait plus jamais considéré comme un empire.

Ce n'est pas dans cette île que les femmes se promenaient la poitrine à l'air ? Je vous conseille fortement de le signaler.

SETH/SÉTHI (SÈ te, SÈ ti) : peuple de marins célèbre pour ses talents de navigateur et ses vins rouges. Les Séthis avaient souvent le teint olivâtre et des yeux bruns.

SHALAKROI : poste d'importance à Ladesh – on dit que c'était l'équivalent d'un titre de duc –, il était réservé aux meilleurs candidats de l'examen du service civil. Ce système remarquable permettait au pays de disposer d'une organisation et d'une gouvernance bien supérieures à celles des autres nations.

SHINGA (Chine ga) : le terme n'appartient pas au jaérien ancien, mais on raconte qu'il signifie « le Juge ». C'était le titre porté par le chef du Sa'kagué.

SHIV : un morceau de métal aiguisé, un couteau de fortune.

SHO'CENDI (CHÔ sène di) : « l'école du feu ». C'était l'école des Sa'seurans, ou Sa'seuriens, les seigneurs du feu, les mages du feu. C'était également sous ce terme qu'on désignait la pyramide des mages de Modai.

SHU'RA (CHU ra) : un grade ou un rang khalidorien employé par la caste des magiciens ou dans la société, ou au sein des deux. Les vürdmeisters étaient apparemment au-delà du septième, mais on ne sait pas trop combien il y avait de shu'ras en tout. On trouve trace d'une ancienne sorcière qui affirmait avoir atteint le quatorzième. De nombreux mages sont sceptiques et pensent qu'il n'y en avait que douze – le troisième existait mais était l'apanage du Roi-dieu.

SKONE : capitale orientale d'Alitaera.

Qu'en termes châtiés ces choses sont dites, surtout de la part d'une personne qui sait si bien de quoi elle parle.

SODORÉ : terme vulgaire khalidorien. Forme obscène de « sodomisé ». Dans une position difficile.

SORCIER : ~~on ne connaît pas grand-chose sur les sorciers, car les érudits ne sont jamais allés très loin dans les régions~~

~~dont ils sont maîtres, comme Lodricar ou le grand Empire khalidorien. On sait que~~ les sorciers manipulaient une forme de magie plus puissante que celle des mages – ceux-ci le reconnaissent à contrecœur. Certains affirment même qu'elle était *infiniment* plus puissante. ~~La magie est liée au ki, les marques noires et complexes que les sorciers portaient sur les bras. On ignore s'il s'agissait de tatouages ou de peintures. Les sorciers n'ont pas été victimes de la diaspora thaumaturgica et ils ont conservé les connaissances qui les liaient aux anciens. Au cours des siècles, les écoles de magie ont organisé de nombreuses expéditions dans l'espoir de trouver des reliques ou des ouvrages. Aucune d'entre elles n'en est revenue. Il faut d'ailleurs noter que l'on confiait souvent le commandement de ces expéditions à des mages dont on souhaitait se débarrasser.~~

Quel dommage que nous ne puissions plus y avoir recours.

TANTO : lame courte et droite utilisée pour transpercer une armure.

TORRAS BEND : village ~~dans la partie nord-ouest de Waeddryn, à trois jours de cheval des collines de l'Ours~~

d'Argent et à quelques centaines de pas du bois d'Ezra. Six cents ans avant les faits narrés ici, Ezra créa ou captura le Chasseur Noir avant de l'emmener dans ce bois qui allait porter son nom. Il y fit des expériences. Peu après, les enfants de Torras Bend possédant le Don commencèrent à disparaître. On retrouva parfois des traces de sang qui laissèrent supposer qu'ils avaient été dévorés. Nul ne découvrit jamais ce qui leur était arrivé, mais au bout d'un certain temps, on cessa de s'en prendre à eux. À l'époque où se déroule cette histoire, les habitants du village croyaient encore qu'une personne pénétrant dans le bois d'Ezra était vouée à une mort certaine, qu'elle possédât le Don ou non.

TOUR DU TYGRE/TOUR DE BERTOLD : tour se situant dans un château bâti dans les entrailles de la caverneuse capitale khalidorienne Khaliras – que de « ca » ! Le bâtiment était une obscénité en basalte qui n'était jamais chauffée et qui menaçait de s'effondrer les jours de grands vents.

TRAME DE SYMBELINE : incantation magique sur quatre-vingt-quatre variations qui exige une synchronisation, une structure et une intonation parfaites. Le terme est employé en langage courant pour désigner quelque chose d'incroyablement difficile.

TRAYETHELL (TRÈ é tel) : 1) Un des sept royaumes qui finirent par former les Terres Brillantes. 2) La capitale de ce royaume. 3) Le roi de ce royaume. 4) Une épée symbolisant le pouvoir de Trayethell. C'est sur ces terres que se trouvait la Brouette Noire, où Jorsin Alkestes périt.

TRÉMATIR (TRÉ me tir) : le Maître des Pièces du Sa'kagué. Voir NEUF, LES.

TROU, LE : parfois connu sous des noms plus vulgaires. Le Trou était une prison cénarienne réservée aux pires criminels. Il s'agissait d'une sorte de place souterraine entourée par une fosse. Le sol s'inclinait vers la fosse d'où montaient des émanations infâmes.

Le roi n'est pas une douce pucelle. Vous pouvez très bien préciser que cette prison était connue sous le nom de « Trou du cul de l'enfer ».

UNGERT (UN guerre te/A gar de, prononcé à l'ancienne) : cette famille préfère la première prononciation, mais la seconde persiste, accompagnée par les sempiternelles plaisanteries que subissent les malheureux qui portent ce nom.

Je ne suis pas certain que Sa Majesté fasse le rapprochement entre la famille UNGERT et la famille hagarde. L'humour ne vous sied pas. N'insistez pas.

UURDTHAN (OUR de ta ne) : « calvaire » ou « étamine ». Une mission confiée à un prince khalidorien en lice pour le trône afin de prouver sa valeur. Ceux qui échouaient étaient tués.

VANDEN : le pont qui séparait le misérable quartier du Dédale de la partie prospère, à l'est de la cité de Cénaria.

VASSAL : rang lae'knaughtien équivalent à celui de général. Nous n'avons pas d'autres informations à ce sujet.

VENTS HURLANTS : un fort cénarien dans la chaîne de Faltier, le long de la frontière khalidorienne. Désigne également un col qui franchissait ces montagnes.

Il se trouve que le roi adore les dragons. Je vous le signale comme ça, en passant.

VER : à ne pas confondre avec les dragons, ces bêtes qui n'appartiennent qu'aux mythes. Le ver est une manifestation magique invoquée (ou créée) par un vürdmeister.

VER DES PROFONDEURS : un type de krul (quoique ce point ne soit pas vérifié) que les vürdmeisters invoquaient directement des enfers.

VIR : 1) Les marques noires qui ornaient les bras des sorciers. 2) La force ou l'esprit qui confère sa force au sorcier (de plus amples informations ont été compilées à la demande du chambellan).

VÜRDMEISTER (VUR de MAILLE ce teur) : un sorcier d'un rang supérieur au dixième shu'ra (le maudit). ~~En khalidorien, le U tréma était une diphtongue qui formait une syllabe. On devrait donc prononcer VU-UR.~~ Rasoir!

VY'SANA (VI ZA nâ) : « modeleur de terre ». Un Créateur. Un mage brun. L'école vy'sanienne se trouvait à Ossein, à l'autre bout du lac Vestacchi par rapport au Chantry.

WAEDDRYN (WÉ dri ne) : nation à l'est de Ceura et au sud-est de Cénaria. Elle était dirigée par des reines depuis vingt et une générations. Sa capitale, Caernarvon, était prospère. En revanche, elle ne représentait déjà plus une force militaire digne de ce nom, car les souveraines successives avaient été incapables de chasser les Lae'knaughtiens de leurs terres.

WAKIZASHI : un sabre court à lame courbe identique au katana, mais en plus petit. Les deux armes allaient généralement de pair.

YMMUR (i M(i)U (è)re) : ~~à l'origine, les deux dernières syllabes étaient~~

~~prononcées sous forme de diphtongues.~~ Nation d'extrême-orient se trouvant au nord de Friaku, et beaucoup plus montagneuse, bien que couverte de plaines sur la moitié du pays.

YUSHAI (YU cha ye) : terme khalidorien désignant la vie, le feu, l'acier et la joie de vivre. On pense qu'il s'appliquait surtout – ou seulement – aux jeunes femmes.

Supprimez toutes les références géographiques. Le roi s'en fiche. Les prononciations ont été harmonisées de manière que les bardes emploient tous la même, sinon le roi ne s'y retrouvait pas. Nous joindrons une carte au glossaire.

Vous ne connaissez pas grand-chose aux graines et aux racines, hein ?

Et puisque nous évoquons vos lacunes, je vous signale que, contrairement à ce que vous avez écrit dans votre première version du glossaire, le pluriel d'« ignoramus » est « ignoramuses », pas « ignorami ». Le terme vient d'« ignoro », dont le participe passé est « ignoratus », celui qui a été ignoré. Comme il semblerait que vous ne soyez pas fichu de faire la différence entre un nominatif et un verbe conjugué à la première personne du pluriel à l'indicatif, cela fait de vous un « ignoramus ». Et, par conséquent, il est préférable que vous soyez « ignoratus ».

Une deuxième correction de ce glossaire est nécessaire (personne n'appelle plus ce type de document thesaurus, Laerin. Personne.) Le prix de cet exemplaire sera déduit de vos honoraires. Si mes calculs sont exacts, vous devez donc une somme de quatre cents tols au roi.

J'ai remarqué au moins une erreur flagrante. Je m'attendais à plus de sérieux de la part d'un érudit de votre acabit. Je vous laisse le plaisir de la chercher.

Puis-je espérer la nouvelle mouture pour demain ?

Jor Baaden,

chambellan royal.

Personnages

LISTE DES PERSONNAGES DU CYCLE DE *L'ANGE DE LA NUIT*

Destinée au singe maladroit chargé des divertissements de Sa Majesté, Javar Nussio, de la part de D. Laerin Votagsmere de l'Or, érudit en chef, D.Kn., J.Sc.

Javar,

La présente liste vous servira de référence lorsque vous lirez l'histoire au roi. Je vous prie cependant de ne pas oublier qu'il est rare qu'un barde reste à la cour assez longtemps pour narrer une telle saga dans son intégralité. Pensez à vos successeurs et prononcez les termes comme je le suggère, à moins que vous ne souhaitiez irriter Sa Majesté – si c'est effectivement ce que vous avez l'intention de faire, votre prochaine et inévitable retraite risque fort de tourner court, et pas parce que vous aurez trouvé un nouvel employeur. N'ayant pu m'empêcher de relever la manière dont vous avez massacré mes remarques phonétiques, j'ai abandonné l'alphabet officiel pour de courtes syllabes et l'emploi de lettres capitales afin que la prononciation des termes soit claire pour tous, vous y compris. Et pour l'amour du dieu vert, cessez donc de rouler les « R » lorsque vous lisez des noms ceurans.

Après votre dernière gaffe aux proportions épiques, lorsque vous avez lu l'entrée en matière destinée uniquement à vous rafraîchir la mémoire, et révélé ainsi la véritable nature du ka'kari noir à Sa Majesté bien avant le livre IV, j'ai pris la peine d'écrire ce document. Vous y trouverez les biographies des personnages rédigées de manière que vous puissiez les présenter à Sa Majesté sans commettre de nouvel impair, car les informations sont limitées à ce qu'on savait d'eux au moment de leur apparition dans l'histoire. Cela signifie donc que certaines définitions sont particulièrement brèves. « Gwinvere Kirena : courtisane » ne rend certes pas justice à cette femme, extraordinaire, pas plus qu'à mes remarquables recherches précédentes, mais votre bêtise a failli me coûter mon poste, alors… certains résumés étant impossibles à rédiger sans prendre le risque de vous voir commettre une nouvelle bévue, j'ai même renoncé à évoquer plusieurs personnages tels que Fatum.

Profitez des faveurs du roi tant que vous en bénéficiez. Hier encore, je l'ai entendu demander à dame Versetti si vous n'aviez pas tendance à vous étrangler sur les notes hautes (elle a répondu par l'affirmative.)

Songez aux conséquences de cette remarque, mélodieux macaque.

Laerin Votagsmere de l'Or
Érudit en chef, D.Kn., J.Sc.

AALYEP, GOODMAN : un herboriste dont la boutique était fréquentée par de riches marchands et dirigée par le Sa'kagué.

ABINAZAE, ROI : maître de Cénaria quatre cents ans avant le début de cette histoire. C'est lui qui a fait construire le château de la ville à l'époque où Cénaria était une grande puissance.

ACAELUS GASSANT DE TRAYETHELL, PRINCE (a Ca è luss) : un guerrier ami de l'empereur Jorsin. Il manquait de finesse, détestait les mensonges, la politique et la magie.

AGRIGOLAY : une région entourant le château de Blanchefalaise. Les collines rouges d'Agrigolay appartenaient généralement à l'empereur et elles produisaient les meilleurs crus de Midcyru.

AEMIL PICCUN, MAÎTRE : tailleur du Sa'kagué.

AEVAN, SEIGNEUR : noble que Kylar a soigné en lui donnant un remède à base d'herbes alors qu'il travaillait chez Tante Méa.

ALEXAN LE BÉNI : un prince qui partit pour la guerre alors qu'il était encore adolescent, après l'assassinat de son père. Ses premières victoires furent probablement le résultat de la finesse tactique de ses proches conseillers et d'une chance incroyable. Sa témérité, son génie et son charisme le rendaient presque invincible. Il finit par se prendre pour un dieu. Il se débarrassa des conseillers qui l'avaient servi fidèlement et il fut tué par un enfant alors qu'il était ivre. Des rumeurs affirment que l'enfant était en fait un espion féyuri (un peuple dont les membres sont de petite taille) qui voulait venger les communautés féyuries massacrées dans tout l'empire déclinant d'Alexan. L'explication, présentée dans l'histoire, n'est guère crédible, pas plus que l'origine d'une autre traduction – nauséabonde – de « le Béni », bien qu'on la retrouve dans certains ouvrages anciens.

ANDERS GURKA : un pisse-culotte de Cénaria. Il n'y a pas d'informations précises à son sujet.

ANONYME, L' : autre nom donné à l'Ange de la Nuit.

ANTONINUS WERVEL : un des six mages sa'seuriens. Originaire de Modai. Un des plus puissants mages de son époque.

ARCHIMAGES DE GANDU : ils détenaient le pouvoir le plus destructeur de tous les temps. On raconte que ces hommes et femmes transformèrent Gandu en désert inhabitable pour cinq siècles.

Les Terres Arides commençaient à peine à redevenir cultivables au début de cette histoire. Il n'existe aucune preuve de leur existence.

ARIEL WYANT SA'FASTAE : demi-sœur aînée de Tamriel. Elle ressemblait à une paysanne, mais était bien plus puissante que Tamriel. Ariel Wyant fut l'un des grands esprits de son époque, mais elle se montrait terriblement impatiente sur certains détails, ce qui l'empêcha de progresser au sein de la hiérarchie du Chantry pendant la plus grande partie de sa vie.

ARISTARCHOS (ban Ebron, shalakroi de Benyurien dans la province de la Soie de Ladesh) : un séduisant barde ladéshien, membre de la confrérie de la Deuxième Aube. On ne pense pas qu'il y ait un lien avec l'Aristarchos ban Ebron qui s'empara du repaire pirate de la ville d'Edross.

ASHAIAH VUL : un Lodricarien de petite taille qui officiait en tant que Raptus Morgi – gardien des morts – de Garoth Ursuul.

AZOTH/AZO (A zot, A zo) : un orphelin des rues communément appelé « rat de guilde ». Il était membre de la guilde du Dragon Noir. À l'époque des faits, ce nom était un archaïsme désignant le vif-argent. La plupart des nés esclaves trouvaient eux-mêmes leur propre nom ou s'en voyaient attribuer un, mais dans les deux cas, le choix se faisait souvent parce qu'on trouvait les sonorités agréables. Il est cependant possible que ces noms aient été modifiés au fil du temps. Le célèbre ménestrel Paelos Groff n'hésitait pas à changer les patronymes des personnages pour faciliter les rimes.

BA'ELZEBAEN (BÈ EL za bène) : créature mythique. Arcanghul, seigneur des serpents.

BAMRAN GAMBLE, SERGENT : un archer émérite qui employait un grand arc alitaeran. Sergent dans l'armée cénarienne, il abattit un déserteur pour empêcher ses hommes de fuir la bataille.

BARUSH SNIGGLE : le Shinga de Caernarvon.

BERNERD (BÈRE nère) : un garde des Neuf, à Cénaria. Il apparaît seulement dans cette histoire.

BIM/WEESE/COSSE : petits de la guilde du Dragon Noir, à Cénaria.

BLEUE : un membre de la guilde du Dragon Noir. Elle apparaît bien après le départ d'Azoth.

BOURARY, MAÎTRE : fabricant d'anneaux à Caernarvon.

BRAEN SMITH : fils de Tante Méa. Un jeune homme imposant de vingt ans.

BRANT AGON, GÉNÉRAL : un général cénarien vétéran de nombreuses batailles. Un roi jaloux et craintif le dépouilla de la plus grande partie de son autorité.

BRAN/TALLAN : gardes de la maison Gyre.

BORSINI, VÜRDMEISTER : un vürdmeister du onzième shu'ra.

BURL LAGHAR, CAPITAINE : capitaine khalidorien. Il fut émasculé et assassiné par Kaldrosa Wynn au cours de Nocta Hemata.

CAEDAN : un des six mages sa'seuriens. Frère jumeau de Jaedan. Prophète.

CALEU LE BALAFRÉ : pisse-culotte. Camarade ou ami de Durzo Blint.

CAPRICIA : employée d'une boutique qui vendait des anneaux de mariage magiques.

CHASSEUR NOIR : voir **ROYGARIS URSUUL** et **EZRA**.

CHÉLLÈNE LO-GYRE (CHÉ lè ne lo JIRE) : une victime du Roi-dieu Ursuul. Trudana Jadwin la transforma en statue.

CHIENS D'AGON, LES : une petite armée du Sa'kagué entraînée par le seigneur Brant Agon.

CORBIN FISHILL : un des Neuf du Sa'kagué. Le « braavok », Maître des Guildes de rue. Il zézayait. Il fut tué par Durzo.

CRESUS TOFUSIN, EMPEREUR : l'ancien fondateur du clan Tofusin. Le père de Solonariwan et Sijuron Tofusin portait le même nom et le même titre.

DABIN VOSHA : un des Neuf du Sa'kagué. Il était chargé des affaires de contrebande. Il portait le titre de « sahrasliss ».

DAG TARKUS : il donna un coup de pied dans le ventre de Porco pour le punir d'avoir volé. Porco mourut le lendemain. Mentionné par Bleue.

DAUNE WARIYAMO : reine, mère de l'impératrice Kaede Wariyamo.

DAVI : un des complices du Rat lors de l'agression de Jarl.

DAYDRA : une courtisane qui ressemblait beaucoup à Élène Cromwyll.

DEHVI/DEHVIRAHAMAN KO BRUHMAEZIWAKAZARI : traqueur ymmurien. Un chasseur possédant le Don. Une légende dans son pays. On l'appelait « le Fantôme des Steppes ».

DICOLA RAIIS, EMPEREUR (di COA le RAÏ se) : empereur alitaeran, possible instigateur des accords alitaerans. Il craignait le Chantry et avait mis en place un programme de procréation en vue de créer un vivier d'archimages. Il était fou, mais son projet était fort intéressant.

DORG GAMET : maître d'écurie du roi Gunder. Originaire de l'île de Planga.

DRAKE :

RIMBOLD DRAKE, COMTE : avocat de Régnus Gyre et associé de Durzo. En tant que Trématir, le Maître des Pièces du Sa'kagué, un membre des Neuf, il rétablit l'esclavage et les jeux de la Mort, puis il revint sur sa décision et prit sa retraite.

ULANA DRAKE, COMTESSE : épouse de Rimbold Drake. Une femme charmante et intelligente.

SÉRAH DRAKE : la plus délurée des filles de Rimbold et Ulana Drake. Elle était une amie d'enfance très proche de Logan, mais leur union ne fut jamais envisagée du fait des différences de statut social.

MAGS DRAKE : fille cadette du comte Drake.

ILÉNA DRAKE : benjamine des filles Drake.

DRISSA NILE, SŒUR : une maja qui prit part à un tournoi. Elle était guérisseuse à Cénaria.

DUNNEL : un serviteur de la maison Gyre. Il fut assassiné la nuit où les Khalidoriens envahirent la cité.

DURZO BLINT : [Note à l'intention du barde : la première fois que Sa Majesté entendra cette histoire, je vous prie de vous *limiter* à la définition suivante :] un pisse-culotte légendaire de Cénaria, maître des poisons et de nombreuses armes. C'était un homme impulsif. Il était de notoriété publique qu'il refusait tout apprenti malgré les demandes insistantes du Sa'kagué.

[Pour les relectures postérieures, ou si le roi vous demande de vendre la peau de l'ours avant de l'avoir tué, je vous laisse libre d'employer les informations suivantes :] Durzo Blint était – à moins que vous ne pensiez qu'il soit toujours en vie, comme ces crétins de Miluviens – une incarnation, ou une corporisation – ceci est loin de faire l'unanimité ! – du premier homme (hypothèse contestée par quelques-uns) connu sous le nom de Prince Acaelus Gassant, né dix-sept à vingt ans avant la première Anno Jorsini. Dans l'ensemble, aucun érudit digne de ce nom ne met en doute l'existence du Prince Acaelus Gassant. Il n'en va pas de même avec ses prétendues « réincarnations ». Lucanus et ses partisans acceptent les cinq premiers noms de la liste ci-dessous, mais seulement Rebus le Svelte et Mir Graggor parmi les six derniers. Les « annales » de la confrérie de la Deuxième Aube reconnaissent toutes les incarnations citées à l'exception de Ferric Flammecœur et Zak Fissaterre – qui est écrit Fisse à Terre dans ses archives, une faute d'orthographe lors des transcriptions qui ont suivi ? Notez bien que le « X! » traduit un claquement de langue. Ces sons sont nombreux et différents. Certains échappent complètement aux personnes de langues étrangères. Faites de votre mieux. Revenons à la liste des personnages et aux détails connus sur chacun d'entre eux :

(Plusieurs feuillets sont manquants.)

DYNOS ROTANS, VASSAL (DI nosse RÔ tan se) : frère du suzerain Julus Rotans.

ERIS BUEL : une femme qui quitta brusquement le Chantry pour épouser un noble alitaeran. Elle dirigea le mouvement des sœurs mariées qu'on surnommait – péjorativement – « les Chambrières ».

EZRA (le Fou/le Mage/l'Archimage/le Créateur) : mage et ami de Jorsin Alkestes. Un Sa'sogol, un seigneur de la magie. Il fut un des plus grands mages de tous les temps. Orphelin, il fut découvert par Jorsin qui se lia d'amitié avec lui – Ginvurin affirme qu'il fut adopté par Jorsin, mais cette théorie est sujette à caution. Ezra servit Jorsin avec loyauté tout au long de sa vie. Il est le créateur ou le découvreur de Iures, de Curoch, des ka'karis, du Bouclier d'Éraclos, de la Corne de Cataclysme, des Marteaux d'Armes d'Oren Razin, de l'empoisonneur de la Quenouille du Fileur d'Eau, des anneaux de ruines et de plus d'une centaine d'épées dont il était impossible de briser les lames toujours affûtées – on raconte qu'elles servirent de modèles pour la création des Grandes Épées. Il est important de rappeler que bien qu'il fût le principal architecte de ces chefs-d'œuvre, bon nombre d'entre eux furent créés pendant le siège de Trayethell, et on sait que plusieurs archimages lui apportèrent leur soutien magique, des conseils, du matériel et leur talent. Parmi eux, on peut citer Oren Razin, Kren et Jorsin Alkestes lui-même.

FABRICANTS D'ANNEAUX, LES : artisans qui forgent les anneaux de contrainte qui sont utilisés comme alliances à Caernarvon.

FEIR COUSAT : camarade de Solon et de Dorian dans la grande pyramide du Sho'cendi. Il était né dans une famille de paysans. Il paraissait gros et maladroit, mais c'était un maître-lame du deuxième rang. Il était également un Vy'sana (mage brun ou Créateur).

FERGUND SA'FASTI : mage de cour au service du roi Aléine Gunder. Son pouvoir était très limité.

FERL KHALIUS : un guerrier des hautes terres qui entra en possession d'un objet d'une importance cruciale qui venait d'être perdu sur un pont.

FÉYURIS : un petit peuple qui vivait principalement à Khalidor, quoique certaines communautés aient survécu dans des régions rurales d'Ossein et d'Alitaera. Les Féyuris avaient souvent des oreilles en pointe et une étrange teinte de peau. Ils affirmaient être les descendants du peuple divin – cette revendication et leur comportement pacifique leur attiraient le mépris des autres populations.

FLÉAUX DE L'ÂME : unité khalidorienne de soldats d'élite qui avaient abandonné la plus grande partie de leur humanité pour servir Khali (mages).

GARAZUL, HAUT SEIGNEUR : Kylar se fit passer pour l'intendant de ce noble.

GARE CROMWYLL : père adoptif d'Élène Cromwyll.

GAUCHER : garde affecté à la protection des Neuf.

GHORRAN : un Khalidorien qui garda Élène pendant sa captivité.

GORKHY : garde khalidorien qui était chargé de la surveillance du Trou.

GRAAVARS DES HAUTES TERRES : les troupes de choc d'Ursuul. C'étaient de grands sauvages aux yeux bleus et au corps puissamment charpenté. En règle générale, ils avaient les cheveux courts et arboraient de longues moustaches.

GRAEBLAN, VASSAL : un commandant lae'knaughtien dont les lanciers affrontèrent les troupes du général Brant Agon.

GRAESIN :

CATRINNA GRAESIN : voir **CATRINNA GYRE.**

GORDIN GRAESIN, DUC : septième dans l'ordre de succession au trône.

LUC GRAESIN : seigneur général aux ordres de sa sœur aînée, Térah Graesin.

NATASSA GRAESIN : jeune sœur de Térah Graesin.

TÉRAH GRAESIN : fille de Gordin Graesin, huitième dans l'ordre de succession au trône. Jeune demi-sœur de Catrinna Gyre.

GRAKAAT KRUHN : un chef d'une tribu de Khalidoriens des hautes terres.

GULON TAKEDA : un des adversaires de Solon.

GUNDER :

ALÉINE GUNDER LE NEUVIÈME, ROI : roi de Cénaria, successeur de Davin Gunder.

DAVIN GUNDER, ROI : père d'Aléine Gunder le Neuvième.

NALIA GUNDER (née WESSEROS), REINE : épouse d'Aléine Gunder. Elle fut au préalable promise à Régnus Gyre.

ALÉINE GUNDER, PRINCE : fils aîné du roi Aléine Gunder le Neuvième et de la reine Nalia Gunder.

JÉNINE GUNDER : fille aînée du roi Aléine Gunder et de la reine Nalia Gunder.

ALAYNA GUNDER : jeune sœur de Jénine Gunder.

ÉLISE GUNDER : jeune sœur de Jénine Gunder.

GWINVERE KIRENA/MAMMA K : membre des Neuf, Maîtresse des Plaisirs.

GYLE, ROYAUME : Layinisa Guralt était la prophétesse de Gyle (la princesse). Son pays fusionna avec l'Empire alitaeran après son mariage avec l'empereur Jorald, mais il reprit son indépendance après la mort de Jorald.

GYRE (JI re/GUI re) :

RÉGNUS GYRE, DUC : les jeunes guerriers khalidoriens l'avaient baptisé Rurstahk Slaagen, « le Diable dans les Murs ».

CATRINNA GYRE (née GREASIN) : demi-sœur aînée (de vingt ans) de Térah Graesin. Épouse du duc Régnus Gyre.

LOGAN GYRE : héritier de la maison Gyre. Jeune, idéaliste, intelligent, beau et naïf.

HANA : étudiante au Chantry.

HAYLIN, GRAND MAÎTRE : armurier.

HIDEO WATANABE (i DÉ o WAT a na BÉ) : régent de Ceura. Son fils se nommait Mitsurugi. Ils s'affrontèrent quand Mitsurugi découvrit que son père avait l'intention de tuer Lantano Garuwashi. Le régent mourut au cours du combat.

HU GIBBET : le meilleur pisse-culotte de Cénaria après Durzo Blint. Fils de Saron et de Jade Marion. Il était célèbre pour sa cruauté et son sadisme.

HURIN GHER (HU rin Guerre) : le commandant Gher. Ancien lieutenant cénarien promu par Garoth Ursuul.

HURLAK, ROI : souverain qui avait agrandi Château Cénaria en le truffant de passages secrets et de judas.

HUROL II, ROI : monarque cénarien. Durant son règne, le droit coutumier fut amendé afin d'établir les conditions nécessaires à l'arrestation d'un duc. Il en fallait au moins deux parmi les suivantes : le respect de l'habeas corpus, deux témoins et un motif.

HYRILLIQUE : la langue des motifs gravés sur Curoch.

ISTARIEL WYANT (IST a ri elle Waille en te) : Oratrice du Chantry. Sœur d'Ariel Wyant Sa'fastae.

JADWIN :

TRUDANA JADWIN, DUCHESSE : femme d'âge mûr, nymphomane. Maîtresse du roi et artiste de renom.

JADWIN, DUC : époux de Trudana, régulièrement cocufié par sa femme. Un diplomate que le roi envoyait souvent dans des pays lointains afin de profiter des faveurs de Trudana.

JAEDAN : un Alitaeran. Frère jumeau de Caedan. Participa à l'expédition des mages du Sho'cendi.

JA'LALIEL (JA LÉ li elle) : chef de la guilde du Dragon Noir.

JARL : un Ladéshien. Ami d'enfance de Kylar. Bras droit de Mamma K.

JESSIE AL'GWAYDIN : espionne travaillant pour le Roi-dieu. Elle s'infiltra au Chantry avant de se rendre à Torras Bend.

JONISSEH, MAÎTRESSE : elle était chargée de la discipline au Chantry.

JONUS TRANCHANT : un pisse-culotte avec cinquante victimes à son actif.

JORALD HURDAZIN, EMPEREUR : un des premiers empereurs alitaerans. Un homme politique habile et sage. Au début de son règne, il consolida l'emprise alitaerane sur ce qui est aujourd'hui Ymmur, à l'est, et jusqu'aux côtes occidentales de Midcyru (Waeddryn et Modai).

JORSIN ALKESTES, EMPEREUR : le dernier grand empereur de Midcyru. C'était un archimage d'une puissance sans pareille. Ses qualités étaient si nombreuses qu'il aurait pu être un dieu : beau, plein de charme, fin tacticien, exceptionnel dans tous les domaines, il était un guerrier extraordinaire, un magicien sans égal... La liste de ses exploits laisse entendre que tout cela n'était pas exagéré. Au début de son règne, il commandait sept rois et il se fit appeler le « Haut Roi ». Trois de ces monarques se rebellèrent : Rygel le Bleu, Einarus Œil-d'Argent et Itarra Lachess.

Quand Jorsin reprit possession de leurs royaumes, il devint « l'empereur » Jorsin Alkestes.

JULUS ROTANS, SUZERAIN (JU lu se ro TAN) : il a presque cinquante ans au moment où se déroule l'histoire. C'était le chef des Lae'knaughtiens et le frère de Dynos Rotans.

JUMEAUX GRASQ, LES : ils s'affrontèrent à six reprises. Une statue les représentait dans le hall de la demeure des Gyre. Ils sont le sujet de deux sagas.

KAAV : soldat/bourreau khalidorien.

KAEDE WARIYAMO (KA é dé wa RI Ya mo) : dernière impératrice de Seth.

KAGUÉ (KA gué) : un des surnoms de Kylar.

KA'KARIFERS/LES SIX CHAMPIONS DE JORSIN :

ARIKUS DAADRUL (AR i kuss DÂ a Drul) : il reçoit une peau d'argent liquide qui le rend invulnérable aux coups d'épée.

IRENAEA BLOCHWEI (I ri NA é BLOC Wé) : elle reçoit le pouvoir sur tout ce qui est vert et qui pousse.

TRACE ARVAGULANIA (AR vague OU LANE i a) : laideron qui devint la plus belle femme de son temps. Elle possédait le ka'kari blanc.

CORVAER NOIREPUITS/CORVAER LE ROUGE (COR ver) : il était le maître du feu.

SHRAD MARDEN : il maîtrisait l'eau et pouvait extraire ce liquide du sang d'un homme.

OREN RAZIN (O renne RÉ zine) : en dehors de Jorsin, c'était le seul ami d'Ezra. Il se battait avec deux marteaux d'armes identiques. Il était le maître de la terre. Il pesait près de cinq cents kilos et sa peau pouvait se transformer en roc.

KALDROSA WYN (KAL dro za Wi ne) : capitaine pirate séthie. Elle se retrouva à Cénaria sans navire et sans équipage. Elle épousa Tomman.

KHALI : déesse de Khalidor.

KIROF, BARON : ancien vassal des Gyre. Il fut l'un des premiers nobles cénariens à prêter allégeance à Garoth Ursuul.

KYLAR STERN/KYLAR FILSNOIR/KYLAR DRAKE : identités d'un jeune orphelin, Azoth, qui devint l'apprenti de Durzo Blint. Parmi ses noms d'emprunt, on trouve également marquis Kylar Stern, seigneur de Havermere, Lockley, Vennas et Procin, le chien-loup, ainsi que Marati, Cwellar, Spex, Kagué, l'Ange de la Nuit, le Marcheur de l'Ombre, la Balance de la Justice, Celui-qui-garde-l'invisible et l'Anonyme.

LANTANO DES HAUTEURS D'AENU (Aille é nu) : famille de Lantano Garuwashi. Plus tard, Cortano Ryu Masato a affirmé qu'il descendait de cette famille, mais il s'agissait vraisemblablement d'un lien très éloigné, à supposer qu'il y en ait vraiment un.

LANTANO GARUWASHI (LANNE ta no ga ru WACHE i) : le plus célèbre des Sa'ceurais. Il naquit avec une lame de fer (c'est-à-dire un rang de paysan). Il ne perdit jamais un duel ni une bataille.

LAYINISA GURALT : prophétesse de Gyle, impératrice de Jorald, c'est-à-dire princesse de Gyle.

LEHROS VASS : jeune officier qui prend le commandement de Vents Hurlants après la mort de Régnus Gyre.

LILLIAN ROSSY : une jeune femme qui fut accusée de meurtre lorsque son mari violent la trouva dans les bras d'un autre homme.

LOGAN VERDROEKAN, ROI : un des premiers souverains de Cénaria.

LOUP, LE : être aux yeux jaunes rencontré dans l'Antichambre du Mystère.

LUCIUS, SEIGNEUR : chef de l'expédition des six mages sa'seurans. Prophète.

MALAK MOK'MAZI/MALAK MAIN DE FEU : personnage qui, selon certains, récupéra le ka'kari rouge de Corvaer après la bataille des plaines de Jaeran.

MARAHK ANSOZI : sujet d'un célèbre panégyrique.

MARAUDEUR, LE : voir **CHASSEUR NOIR**.

MARCHEUR DE L'OMBRE : surnom de l'Ange de la Nuit.

MARCUS GUÉRIN, AMBASSADEUR : ambassadeur alitaeran au Chantry.

MARKELL : maison éradiquée au cours de la guerre des Huit Ans.

DARVIN MARKELL : ami du père du comte Drake (qui avait hérité d'une grande fortune). Il fréquenta Gordin Graesin et Brand Wesseros.

MIKAIDON : gardien de la sécurité publique à Hokkai. L'équivalent d'un préfet de comté actuel.

NEPH DADA : conseiller et prophète de Garoth Ursuul. C'était un vürdmeister du douzième rang et un ancien tuteur de Dorian. Pendant le déroulement de l'histoire, il est chargé de surveiller Roth.

NEUVANT, LE : surnom méprisant donné à Aléine Gunder le Neuvième.

NUEC VIN BROEMAR : parfumeur royal de la cour alitaerane.

OSHOBI TAKEDA : le Mikaidon de Hokkai.

OTARU TOMAKI : capitaine et conseiller de Lantano.

PEUPLE DEVIN, LE : race mythique. On dit que ses membres étaient d'une beauté extraordinaire et d'une grande intelligence, qu'ils avaient de grands yeux, une peau au teint cireux et métallique, et un don pour la magie. On raconte que les Pierres de Conservation sont leur œuvre, tout comme la Forêt Noire avant que votre grand-père la fasse brûler.

PEUPLES DU NORD : terme désignant les Khalidoriens, et surtout les Khalidoriens des hautes terres.

PHINEAS SERATSIN : Maître des Pièces du Sa'kagué.

POL : un jeune homme amoureux d'Élène Cromwyll.

PON DRADIN : le Shinga du Sa'kagué de Cénaria.

POUPÉE : voir **ÉLÈNE CROMWYLL**.

PRICIA : concubine appartenant au harem de Garoth Ursuul.

PROCL, MAÎTRE : le meilleur serrurier de Cénaria.

PROTÉGÉ DES TÉNÈBRES : surnom de l'Ange de la Nuit.

PTURIN : petit garde ymmurien.

PULLETA VIKRASIN : maja qui épousa un mage et brisa le sort de contrainte lancé par une supérieure. Elle fut à l'origine d'une crise politique.

QUOGLEE MARS : barde de talent de la cour cénarienne.

RAT, LE : à l'âge de seize ans, il était le Poing de la guilde du Dragon Noir. Il était gros et Azoth l'appelait « raton gros bidon ».

REN VORDEN, MAÎTRE : chef des gardes de Régnus Gyre.

ROTH GRIMSON : une des étoiles montantes du Sa'kagué. Chef de la guilde des Cogneurs Rouges. Propriétaire d'un somptueux domaine bâti au cœur du Dédale.

RUEL, SEIGNEUR : il fut parmi les premiers à mourir d'empoisonnement au cours de l'invasion khalidorienne.

RURSTAHK SLAAGEN (Rur stac SLÂ gue ne) : surnom que les Khalidoriens donnaient à Régnus Gyre. Il signifie « le Diable dans les Murs ».

SA'SACEURAI HIDEO MITSURUGI : fils de Hideo Watanabe. Il tua son père en duel. Son titre complet est : sixième régent Hideo, seigneur du mont Tenji, Protecteur du Saint Honneur, Gardien du Haut Siège, seigneur général des Armées Unifiées de Ceura.

SHEL : une prostituée du *Dragon Peureux*.

SHINGA : chef du Sa'kagué.

SIA : concubine enceinte du harem de Garoth Ursuul.

SIJURON TOFUSIN, EMPEREUR : décédé au moment où se déroule cette histoire. C'était le frère de Solon et le fils de l'ancien empereur

Cresus Tofusin. Il avait lui aussi été empereur de Seth.

SOURIRE : cinquième fils du Grand Maître Haylin.

SOLONARIWAN TOFUSIN (SOL o na ri wa ne to Fu si ne) : fils de l'empereur Cresus Tofusin, compagnon de Dorian et de Feir, mentor de Logan Gyre. Au cours de ses séjours à Midcyru, il portait généralement le titre de seigneur Solon Tofusin, de la maison Tofusin, Cherchevents de la maison royale Bra'aden de l'Empire îlien de Seth. En fait, il était le fils de l'empereur Cresus Tofusin, Lumière de l'Ouest, Protecteur des Îles et Grand Amiral de la Flotte Royale de Seth. Plus tard, il fut appelé le Chevaucheur de Tempêtes. Il gagna sa robe bleue à l'école du Sho'fasti et il étudia également au Sho'cendi.

SPEX : nom porté par Kylar.

STIGLOR, CHANCELIER : le premier noble cénarien qui mourut empoisonné lors de l'invasion de Cénaria par les troupes khalidoriennes.

TALWIN NAGA, GÉNÉRAL : général de Paerik.

TANTE MÉA : une sage-femme et guérisseuse, veuve. Elle vivait à Caernarvon. Elle était parente avec Élène Cromwyll et avait un fils nommé Braen Smith.

TAYABUSA, SECRÉTAIRE : secrétaire à la cour séthie.

TERTULUS MARTUS : questeur de la douzième armée du Lae'knaught, attaché militaire du suzerain Julus Rotans.

THADDÉUS BLAT : officier noyé par Régnus dans un bordel.

TITAN, LE : une créature censée avoir été tuée par Jorsin. Elle aurait été enterrée à la Brouette Noire. Dotée de griffes, elle était grande comme treize hommes.

TOBBY : esclave khalidorien affecté au nettoyage des cabinets d'aisances.

TOM LE GRIS : voyou qui rançonnait les passants dans une rue de Caernarvon. Élène et Kylar le rencontrèrent et, plus tard, il se lança à leur recherche.

TOMII (TO mi, TO miï) : peuple qui utilise le mot « chié » pour insister sur certains termes. Ses membres disent d'une personne particulièrement chanceuse qu'elle est « chié veinarde ». On ne sait rien d'autre sur eux.

TOMMAN : époux de Kaldrosa Wynn.

TRÉVOR NILE : époux de Drissa. Guérisseur et mage.

TROU, LE/HURLEURS, LES :

CROÛTE : un des « animaux ».

FIN : le chef des « animaux » et le plus vicieux des hurleurs. Il consacrait une bonne partie de son temps à travailler sur sa corde faite de tendons humains.

GRAND TOM : Logan le tua pour le manger.

GRINCEDENT : un des « monstres ». Un faible d'esprit difforme avec de larges épaules, une colonne vertébrale tordue et des dents taillées en pointe.

JAKE : il fut jeté dans le Trou dès le premier combat.

LILLY : la seule femme du groupe.

NICK NEUF-DOIGTS : prisonnier du Trou.

RENIFLE : un membre des « animaux ». Il fut tué et dévoré.

TATTS : un des « monstres ». Un Lodricarien pâle et couvert de tatouages. Il n'était pas muet, mais il ne parlait jamais.

YIMBO : un des « monstres ». Un Ceuran aux os épais, aux cheveux roux et à la langue coupée. Il fut tué par Fin.

TROTTEUR/VONDEAS HIL : vieil eunuque dont les orteils avaient été tranchés par les Khalidoriens.

ULY/ULYSSANDRA : sœur de Vonda Kirena. Son existence est sujette à caution.

URSUUL (UR sou oul) :

DORIAN URSUUL : un prophète, un Sa'seuran et un Hoth'salar – il fut également vürdmeister du douzième shu'ra. Ce fut le premier fils reconnu par Garoth Ursuul.

DRAEF URSUUL : héritier.

GAROTH URSUUL, ROI-DIEU (GA RO se) : Roi-dieu de Khalidor, père de dizaines d'enfants. Seuls les garçons qui possédaient le Don ou un talent de sorcier étaient reconnus comme héritiers (c'est-à-dire des fils dignes d'accéder au trône).

TAVI URSUUL : héritier âgé de quinze ans au moment où il apparaît dans l'histoire.

MOBURU URSUUL (MO bou rou) : pendant un temps, il fut le seul fils reconnu par Garoth après le départ de Dorian. Il fut également connu sous le nom de Moburu Ander, fils adoptif d'Aurélius Ander.

ROYGARIS URSUUL, ROI-DIEU : il fonda Khalidor avant de la diriger. Il fut le rival, l'ami puis l'ennemi acharné de Jorsin Alkestes. C'était un archimage, un seigneur guérisseur.

PAERIK URSUUL : jeune frère de Dorian.

UDRIK URSUUL : il rentra d'exil et supplia Dorian de lui pardonner, mais celui-ci le tua de ses mains.

TENSER VARGUN, DUC : un héritier de Garoth.

RUGGER : fils bâtard du frère aîné de Dorian. Il était garde à Khaliras.

RIVIK URSUUL : un héritier de Garoth. Âme damnée de Tavi. Il fut tué.

DURON URSUUL : frère de Dorian. Décédé.

GVESSIE URSUUL : frère de Dorian. Décédé.

HESDEL URSUUL : frère de Dorian. Décédé.

JULAMON URSUUL : frère de Dorian. Décédé.

JURIK URSUUL : frère de Dorian. Décédé.

PORRIK URSUUL : frère de Dorian. Décédé.

ROQWIN URSUUL : frère de Dorian. Décédé.

VIC URSUUL : frère de Dorian. Décédé.

WHERISS URSUUL : frère de Dorian. Décédé.

URWER, SEIGNEUR : un des nobles cénariens qui fut surpris au château lors de l'invasion de Cénaria par les troupes khalidoriennes.

USASI, ROI : souverain de Ceura. Son fils et ses sept filles furent tués.

VIN ARTURIAN, CAPITAINE : un capitaine de la garde.

VI/VIRIDIANA SOVARI : jeune apprentie de Hu Gibbet. Elle possédait le Don, elle était rousse et avait une poitrine opulente.

VONDA KIRENA : sœur de Mamma K. Décédée au moment de l'histoire. Ancienne amante de Durzo Blint.

WENDEL NORTH : régisseur de la maison Gyre.

WESSEROS :

BRAND WESSEROS, DUC : père de la reine Nalia Gunder.

NALIA WESSEROS : voir **NALIA GUNDER**.
HAVRIN WESSEROS, DUC : fils de Brand Wesseros, frère de Nalia. Il soutint Térah Graesin.

XANDRA : responsable d'étage au Chantry.

YORBAS ZURGAH : chef des eunuques à la citadelle de Khaliras.

YOSAR GLIN, COMTE : client qui trahit Durzo Blint.

YRRGIN, GARDIEN : Raptus Morgi, prédécesseur d'Ashaiah Vul. Il avait apparemment conduit des recherches sur l'origine des kruls, car il en savait beaucoup sur eux et sur Roygaris Ursuul.

YVA LUCRECE CORAZHI : on dit qu'elle était la fille de Moburu Ursuul et de la sœur du roi d'Alitaera. Elle fut enlevée en même temps que sa nourrice. On n'entendit plus jamais parler d'aucune d'elles.

ZORALAT, MAÎTRE ET MAÎTRESSE : aubergistes à Torras Bend.

Javar,

Voilà qui devrait couvrir le sujet. Si vous avez des questions, n'hésitez pas à me les poser. Et tant que j'y suis, vous y connaissez-vous en graines et en racines ? L'herboriste et l'apothicaire du roi sont persuadés que certaines personnes les ont calomniés. C'est une vieille histoire, mais ils ont la rancune tenace et ils ne se montrent pas très coopératifs. Je pourrais glisser un mot en votre faveur si vous pouviez m'apporter un peu d'aide dans ce domaine.

Laerin

Chapitres bonus

Chers lecteurs,

Lorsqu'on écrit une histoire épique, le problème du milieu du roman finit toujours par se poser. Les auteurs d'*epic fantasy* sont excellents en matière de milieu. Nous sommes très doués pour les milieux, faute de quoi, nous ne serions pas publiés. Nous aimons les écrire, faute de quoi nos ouvrages seraient plus courts.

Il n'en reste pas moins vrai que les milieux sont traîtres – d'ailleurs, ne parle-t-on pas de milieux criminels, de milieu psychiatrique ou de milieu hostile ? Vous voulez introduire un nouveau personnage au milieu de votre série ? Et voilà ! Une prostituée elfe vampire avec un défaut de prononciation. Hilarant ! Un autre ? Voilà un génie bigleux obsédé par les criquets et qui se trouve être un esprit condamné à demeurer prisonnier dans le corps d'un mortel jusqu'à ce qu'il découvre pour quelle raison obscure les criquets stridulent. Restera-t-il humain à jamais si quelqu'un perce son secret ? Génial ! Un autre !

Et puis soudain, la réalité se rappelle à vous sous la forme du mot le plus écrasant des terres du Milieu : « FIN ». Vous avez foutu la pagaille et il faut maintenant tout remettre en ordre.

J'ai eu l'inestimable chance de ne pas être publié pendant de longues années – et vous qui me lisez, laissez-moi vous dire que si vous ambitionnez de devenir écrivain, vous n'aurez peut-être pas la même veine que moi. J'avais presque terminé la trilogie de L'Ange de la Nuit lorsqu'un éditeur s'est enfin intéressé à moi. Pendant les longues années passées dans mon appartement à porte turquoise, en banlieue, j'ignorais que cette attente était une bénédiction. J'ai en effet pu revenir en arrière et corriger les lourdeurs sans avoir à faire progresser l'intrigue. *Au-delà des ombres* avait la ferme intention de devenir un énorme pavé, et peut-être même de donner naissance à *Nous venons de dépasser les ombres*, voire *Regardez comme les ombres sont loin derrière nous maintenant*.

Il est agréable de poursuivre une série, mais je tiens à ce que mes histoires aient une certaine construction et je veux que chaque roman comporte assez de rebondissements et d'intensité pour justifier son existence. Je voulais que chaque volume narre un récit complet et je ne voyais pas comment couper *Au-delà des ombres* en deux tomes, même si j'aurais pu en pondre deux de sept cents pages chacun.

J'ai donc tranché dans le vif. Amputé. En règle générale, cela a renforcé le roman, mais par endroits, cela l'a changé. Il a fallu que je trouve d'autres façons de relier certains événements. Si je publiais les passages sacrifiés, ils n'auraient aucun sens parce que j'ai modifié l'histoire entière en opérant ces changements.

Il y a cependant un passage que je regrette d'avoir supprimé. Dans *Au-delà des ombres*, Feir Cousat se rend dans le bois d'Ezra et – j'ai du mal à y croire – en ressort vivant.

Voici cette histoire.

Brent Weeks.

I

Cette folie est-elle donc ce que les hommes appellent courage ?

Tandis que Feir approchait du bois du Chasseur, les battements de son cœur résonnaient dans ses oreilles comme une cavalcade furieuse. Il connaissait l'histoire de ce lieu et cela ne le rassurait guère.

Sept cents ans plus tôt, Ezra le Puissant, le mage incomparable de l'éphémère royaume de l'Été de Jorsin Alkestes, était venu dans cette forêt. Il y était venu vaincu, endeuillé et amer. Il avait créé un monstre, un prédateur sans égal qui sèmerait sa vengeance. Mais en fin de compte, le parfait Chasseur avait échappé à son maître, s'était retourné contre lui et l'avait tué. La seule victoire qu'Ezra avait remportée sur sa créature, c'était d'avoir réussi à l'enfermer dans ce bois.

Les premiers mages et meisters qui s'étaient ensuite rendus sur les lieux étaient sans doute venus pour étudier le monstre. Ils n'étaient jamais revenus. D'autres avaient pénétré dans le bois armés de leurs objets magiques les plus puissants. Ils n'étaient jamais revenus. Les jeunes mages, ignorant les interdictions des anciens, se précipitèrent à Torras Bend pour y mourir en masse. Au cours du premier siècle qui suivit la disparition d'Ezra, le but des expéditions changea. Il ne s'agissait plus d'étudier le Chasseur, mais d'éviter de croiser son chemin en essayant de récupérer les centaines d'artefacts magiques que ses victimes avaient laissés dans le bois.

Nul n'était jamais revenu.

Après les purges, les conquêtes alitaeranes, la campagne finéenne et l'alliance des Frères, les mages comprirent qu'ils n'étaient plus que les ombres de leurs glorieux prédécesseurs. Parfois, l'un d'eux tenta encore sa chance tandis qu'une guerre ou qu'une rébellion faisait rage, persuadé que son besoin urgent de pouvoir compenserait son manque de talent.

Aucun ne revint jamais.

Aucun.

Et voilà qu'aujourd'hui, c'était au tour de Feir. Celui-ci avait trois raisons d'espérer en ressortir vivant. D'abord, il était probablement le premier mage à tenter sa chance pendant que le Chasseur était distrait par cinq mille intrus qui devraient l'amuser pendant un certain temps – même la créature d'Ezra ne pouvait être partout à la fois. Il fallait l'espérer, du moins. Ensuite, il était peu probable que quelqu'un ait essayé d'entrer dans le bois après y avoir jeté un artefact de la puissance de Curoch. L'épée magique devrait elle aussi éveiller l'intérêt du terrible gardien des lieux. Enfin, Feir possédait un Don plutôt modeste. Une personne avec un Don exceptionnel, comme Solon ou Dorian, n'aurait jamais eu la moindre chance, mais le Don de Feir était discret et ses trames étaient si fines… Sans compter qu'il avait comprimé son pouvoir autour de lui en approchant du bois. En toute honnêteté, il ne pensait pas qu'un autre mage, si doué soit-il, puisse faire mieux. Un mage contemporain, bien entendu.

Mais ses prédécesseurs, tous ces mages et meisters massacrés par le Chasseur Noir, avaient sans doute eu chacun un plan, eux aussi.

Le bois était baigné par une aura rougeâtre lorsque Feir approcha. Il vit que cette lueur s'étendait d'est en ouest et s'incurvait légèrement vers le nord. Quelqu'un, ou quelque chose, la maîtrisait. Elle formait un monstrueux dôme brillant dont le centre se trouvait au cœur du bois. C'était de la magie concentrée au point de devenir visible. Feir ne s'était jamais vanté de ses pouvoirs – la compagnie de Solon et de Dorian rendait la chose difficile –, mais en contemplant cette lumière qui s'étalait sur des kilomètres, il eut l'impression d'être à peine plus qu'un insecte. Il savait tisser une trame simple comme celles qu'on place sur une porte afin de ne pas être surpris par un intrus, mais toutes celles qu'il connaissait s'étendaient comme des filets. La magie ne prenait jamais – jamais – plus qu'une infime fraction de l'espace physique sur lequel elle agissait. Mais là… l'espace, ou les espaces, n'était plus protégé par une toile, mais par de véritables remparts. La magie était vieille de sept cents ans et avait résisté aux attaques d'innombrables mages, pourtant elle englobait encore le bois tout entier.

Feir arriva à quelques pas de la muraille. De l'autre côté, la végétation était très différente. Les chênes et les mélèzes cédaient soudain la place à de gigantesques séquoias. Les branches étaient sectionnées net par la barrière magique, même lorsqu'elles étaient à des dizaines de mètres de haut. Feir entendit des cris qui résonnaient entre les troncs des séquoias. Des hurlements inquiétants, parfois très proches, parfois lointains. Ils se succédaient si vite que Feir se demanda si les légendes disaient vrai. N'existait-il qu'un Chasseur ? Il était impossible qu'une créature se déplace aussi rapidement.

Feir observa le rempart magique comme s'il regardait une lame rougeoyante sur une enclume avant de tisser des matrices au cœur de l'acier brûlant pour renforcer les tranchants. Et soudain, les secrets de la barrière se dévoilèrent à lui comme une fleur qui s'épanouit. Après tout, il était lui aussi un Créateur. La muraille n'était pas solide. Il s'agissait d'une superposition de milliers de toiles de différentes natures. Certaines détectaient l'odeur humaine, d'autres la chaleur, la puanteur de la magie des sorciers, la magie des hommes, la magie des femmes, les personnes ayant un Don latent qu'elles n'avaient jamais utilisé, elles pouvaient lancer cent sortilèges différents... Il y en avait qui identifiaient les animaux, mais qui ne se déclenchaient que si l'intrus était de la taille d'un homme ou plus grand. Certaines ressemblaient à des serrures si complexes qu'il paraissait impossible de les briser. Les toiles formaient des nœuds minuscules qu'il aurait fallu dénouer un à un. Des filaments microscopiques y étaient accrochés, des filaments que quatre-vingt-dix-neuf pour cent des mages n'auraient pas remarqués.

Les toiles, toutes les toiles, tintaient, cliquetaient et vibraient en réaction à l'invasion de cinq mille Lae'knaughtiens dont certains – Feir le comprit en observant les trames – possédaient le Don. Les fils se brisaient et se reformaient l'instant suivant.

Il ne serait pas trop difficile de défaire certains nœuds. En tant que Créateur, il avait appris à fabriquer des trames permettant de s'éloigner de ce qu'il créait. Elles étaient délicates et difficiles à tisser. Au départ, c'était un peu comme essayer de nouer du fil de pêche en n'employant que le pouce et l'index, mais Feir pratiquait cette technique depuis bien longtemps. Une technique qui présentait l'avantage d'être peu gourmande en magie. D'ailleurs, de nombreux mages renonçaient à l'utiliser parce qu'ils étaient incapables de maîtriser une quantité de pouvoir aussi modeste. Ce problème ne s'était jamais posé à Feir. Aujourd'hui, sa faiblesse se révélait un atout.

Un éclair blanc illumina le bois – l'impact magique provoqué par la destruction d'un artefact mineur. *Sans doute un grand casque lae'knaughtien*, songea Feir. Plusieurs fils épais se rompirent à quelques pas de lui. Avant même qu'il se rende compte de ce qu'il faisait, il avança en projetant devant lui la sphère que formait son Don comprimé. Celle-ci se glissa dans la brèche et les trames se régénérèrent au-dessus et en dessous. Feir se tint aussi immobile que possible. Il respirait à peine. Il espéra que les infimes mouvements de sa poitrine ne déchiraient pas d'éventuels filaments qu'il n'avait pas vus. Avec un peu de chance, son intrusion passerait inaperçue au milieu des milliers de secousses qui agitaient les toiles.

Les fils virèrent du rouge au vert avec lenteur. Feir comprit qu'ils se régénéraient, qu'ils grandissaient. Lorsqu'il les avait vus briller pour la première fois, ils étaient secs, cassants, à l'agonie, mais depuis que Kylar avait jeté Curoch dans le bois, tout avait changé.

Dieux ! Ils se nourrissent de magie. La forêt tout entière se nourrit de magie. Elle se régénère en utilisant la magie employée contre elle.

Tandis que la toile s'étendait et virait au vert en rayonnant d'une vie nouvelle, elle devenait plus souple. Feir baissa les yeux et regarda à travers son propre corps pour distinguer la magie qui s'insinuait en lui. Il profita de l'espace que sa respiration avait créé autour de la sphère pour avancer. Son Don était assez modeste pour se faufiler entre les fils les plus épais. Avec une extrême prudence, il écarta les filaments en détournant les nouvelles pousses plutôt qu'en les brisant.

La lueur verte gagna en intensité et devint éclatante avant de s'évanouir au bout de quelques minutes. C'était terminé. Les fils tintaient, cliquetaient et se reformaient toujours, mais ils ne cherchaient plus à absorber la sphère où se concentrait le Don de Feir.

Feir pénétra dans le bois. Il fit un pas et se retourna. Il contempla l'air vide. Grâce à sa Vue, il aperçut un trou plus petit que la main dans la barrière. Il avait réussi.

Le bois était vivant. Entre les troncs flottait une odeur d'eucalyptus, de séquoia et de magie. Feir eut l'impression qu'il faisait partie de cet endroit. À l'est, il sentait la présence de centaines de cadavres de Lae'knaughtiens. Plus d'un quart d'entre eux étaient morts, déchiquetés. Les survivants hurlaient. Ils se précipitaient vers l'orée, et s'entassaient désormais contre une barrière invisible et infranchissable. Ils se piétinaient et s'étouffaient, poussant vainement contre un obstacle qui, selon leurs croyances, ne pouvait avoir aucune emprise sur eux. Ils se faisaient massacrer par ce qu'ils appelaient une « superstition ». D'autres fuyaient à travers le bois dans toutes les directions. Ils criaient en se débarrassant des armes et des armures qui les ralentissaient. Ils souhaitaient désespérément trouver une faille dans la muraille.

Et Feir entendit le Chasseur. Il était aussi rapide que la pensée. Il filait comme un animal enragé, s'attardant parfois quelques secondes pour mettre un cadavre en pièces. Il le déchiquetait en envoyant des bouts de chair dans tous les sens. Et puis il apparaissait à l'autre extrémité du bois. Seul un sifflement aigu trahissait son passage. Partout, il tuait. Il se repaissait de ce massacre.

Pour le moment, il n'avait pas encore remarqué Feir. S'il avait exterminé les soldats avec méthode, il en aurait terminé avec eux en quelques minutes. Mais le Chasseur ne suivait aucune méthode. Il n'écoutait que sa rage. Aucun des Lae'knaughtiens ne s'était aventuré aussi loin que Feir, mais ils s'égaillaient de toutes parts. Le Chasseur pouvait croiser le chemin du mage à tout moment.

Pourtant, Feir avait réussi. Il était dans le bois et sa présence n'avait pas été remarquée. Lui, le misérable vermisseau, avait triomphé là où les puissants dragons avaient échoué.

Il fit trois pas d'un air conquérant tandis qu'un sentiment de gloire et de victoire montait en lui. Le sol se déroba sous ses pieds. Il plongea dans les ténèbres.

2

Feir ne voyait rien. Pire encore, il ne sentait rien. *Rien du tout.* Pas même ses poumons qui se gonflaient au gré de sa respiration. Il ne sentait pas le sol. Il ne savait même pas où était le sol. Il voulut se mettre à genoux, mais était-il allongé ? Il était incapable de le dire.

Il songea qu'il frissonnait, peut-être de pure terreur, mais aucune sensation n'émanait de sa peau. Ses perceptions magiques étaient silencieuses, elles aussi. Il avait été amputé de la forêt qui, quelques instants auparavant, lui avait fait l'effet d'un nouveau corps. Son Don s'était tu. Il était tombé dans le néant.

Où peut-être était-il mort ? Il essaya de hurler. En vain. Dieux ! Et s'il avait perdu la notion du temps parallèlement au reste ? Était-il condamné à demeurer ainsi à jamais ? Était-ce là le sort qui frappait les mages et les meisters qui s'aventuraient dans le bois d'Ezra depuis sept siècles ?

Il ne sut jamais combien de temps il resta dans cette bulle, combien de temps dura le supplice. Petit à petit, une de ses mains se réveilla. *La main gauche.*

Il était gaucher. Ses doigts glissèrent sur une surface en pierre lisse et froide. Il tâta son visage plaqué contre le sol. Il eut l'impression de toucher un cadavre, parce qu'il ne le sentait pas, parce qu'il n'avait pas l'impression d'effleurer une partie de son corps. Il ne sentait que ses doigts.

Quelque chose de doux et de chaud frôla sa main. Il respirait. Il était donc vivant. Il toucha une substance gluante. Il frotta son pouce contre l'index et le majeur. *Du sang ?* Il explora sa figure insensible à la recherche d'une blessure. *Le nez.* Il était brisé et saignait abondamment. Le sol était collant. Sans réfléchir, Feir le Créateur – qui réparait les os comme les charrues ou les armes – fit disparaître la fracture. Il n'y eut aucun craquement répugnant, pas de hoquet de douleur, pas de juron, pas de spasme. Il explora le visage mort pour s'assurer qu'il n'avait pas commis d'erreur. Oui, c'était parfait. Il avait toujours été doué pour les travaux manuels.

Il palpa son corps et découvrit qu'il était en mesure de bouger le bras – mais il ignorait comment. S'il voulait toucher l'extérieur de la cuisse gauche, il la trouverait certainement, mais sans avoir conscience de faire un geste. Comme il était allongé sur le ventre, il lui était difficile de savoir s'il était blessé ailleurs.

Avant de se tourner sur le dos, Feir tendit la main dans le néant. Il n'avait guère envie de rouler dans un gouffre, dans un feu ou dans un piège. Il ne tendit pas le bras jusqu'au bout. Il palpa une rainure, puis une autre, et une troisième… Quatre à la même hauteur et une cinquième un peu plus bas.

Une empreinte de main.

Il hésita, effrayé. *Une empreinte de main ?* Comme si quelqu'un avait prévu sa venue ici. Comme si on l'attendait. Quelles nouvelles horreurs allaient se déchaîner s'il appuyait la paume contre cette marque ?

Puis il comprit qu'il n'avait pas le choix. Combien de temps survivrait-il là ? Combien de temps s'était-il écoulé depuis sa chute ? Avait-il l'intention de rester là ? Il était peut-être gravement blessé. Il était peut-être mourant. Et puis, le maître des lieux l'aurait tué depuis longtemps si tel avait été son but. Il pressa sa main contre l'empreinte.

Les sensations revinrent. Feir n'avait jamais été aussi content de sentir la douleur. Il avait dû faire une chute de trois mètres. Ses paumes, ses coudes et ses genoux le lançaient. Son nez le brûlait – il était heureux d'avoir déjà remis les os en place.

Des filets de lumière traversaient les murs et coulaient comme de minuscules cascades. Ils gagnèrent en intensité, mais sans cesser d'onduler comme des vagues.

Le néant était une salle en pierre de trois mètres sur treize. La première chose que Feir aperçut, ce fut une feuille en or massif, comme un parchemin, posée par terre, juste devant lui. Par réflexe, il tendit le bras. Sur la surface légèrement bombée, des runes hyrilliques se déplacèrent et formèrent un message en quelques secondes.

« Salutations et meilleurs vœux de rétablissement, petit frère. Enfer, ta langue ne se prête guère à l'humour, tu ne crois pas ? Les traductions magiques ne valent pas un dwymor dévalué. Ah ! Tu vois ? Oui, mon petit Créateur d'aujourd'hui, ce message t'est destiné. À toi, Feir le faible de la branche des Cousat. À moins que tu n'aies réussi à découvrir ce sanctuaire, Grozel Verzarek, auquel cas laisse-moi te mettre en garde : Feir peut toucher ce qu'il veut, car tout ce que j'ai créé dans cette salle lui est destiné. Mais si tu t'amuses à effleurer quoi que ce soit ici ou dans la forêt – en dehors des prises murales qui te permettront de ficher le camp, juste derrière toi –, tu n'y survivras pas. »

Grozel Verzarek ? Feir avait entendu parler de ce mage, mais il n'arrivait pas à se rappeler dans quelles circonstances. Et puis il vit le corps momifié à l'autre extrémité de la salle. Il gisait devant un coffre en bois de fer richement décoré de filigranes d'or.

Eh bien, je ne sais pas qui c'est, mais je crois savoir où il se trouve à présent.

Feir respira avec lenteur. La plaque dorée livrait donc le message d'un homme qui n'était plus de ce monde, une prophétie. En tout cas, l'auteur avait prédit que Feir passerait par là. Il était probable qu'il s'agisse d'Ezra. En dehors de lui, qui aurait eu le pouvoir d'accomplir de tels miracles au cœur de ce bois ?

Cela signifiait qu'Ezra avait prévu que Feir arriverait jusqu'à cette caverne. Il avait ménagé un passage à son intention en sachant que le malheureux Grozel Verzarek, aujourd'hui transformé en momie, en profiterait également. Feir sentit la nausée monter en lui. Il n'était pas aussi habile qu'il l'avait imaginé. Il ne s'était pas frayé un chemin à travers les barrières magiques, Ezra lui avait ouvert la porte.

Feir avait passé une bonne partie de sa vie aux côtés de mages hors du commun, et il n'aurait pas dû éprouver ce mélange de déception et de vexation. Ce fut pourtant le cas. Pour une raison curieuse, il était furieux de découvrir qu'Ezra, admiré par tous et reconnu comme le plus grand mage de tous les temps, était digne de sa réputation. Il préférait les légendes qui se fondaient dans le vague au face-à-face avec la réalité.

Feir continua sa lecture.

« Si tu es là, Cousat, cela signifie que Curoch y est aussi. Et elle ne serait jamais venue sans toi. Tu m'as bien servi. Tu ne l'as pas fait exprès, mais tu m'as bien servi. Maintenant, petit frère, je souhaiterais que tu me rendes un dernier service. Tu as tenu une grande épée entre tes mains. N'aimerais-tu pas en créer une autre ? »

Feir eut l'impression que sa poitrine allait exploser. Le coffre en bois de fer s'ouvrit. Il était rempli d'outils.

Achevé d'imprimer en avril 2014
Par CPI Brodard & Taupin - La Flèche (France)
N° d'impression : 3004516
Dépôt légal : mai 2014
Imprimé en France
81121212-1